I0657371

PARIS

PARIS. — IMP. SIMON RAÇON ET COMP., RUE D'ERFURTH, 1.

PARIS

UNE VOIX DANS LA FOULE

PAR

ACHILLE DU CLÉSIEUX

PARIS

AMYOT, LIBRAIRE-ÉDITEUR

RUE DE LA PAIX, 8

—

1857

N'est-ce pas, aujourd'hui, une témérité que de publier un volume de vers? Peut-être. Mais n'est-ce pas, en tout temps, une faiblesse que de reculer devant un préjugé que l'on condamne? On ne cesse de nous dire, d'un ton de supériorité mal contenue, que nous sommes dans un siècle de prose; qu'avec l'industrie, les chemins de fer et la Bourse, le génie de la spéculation est désormais l'élément exclusif de notre progrès social, et que la poésie est un idiome à reléguer parmi les langues mortes. Il est certain qu'on ne semble prendre de l'art que le côté puéril, pour se distraire du côté sérieux de la vie, qui sont les affaires. Ainsi c'est la musique en ballets, la poésie en libretti, la peinture en décoration de boudoirs ou d'opéras. — Voilà le fait. Est-il accepté universellement? Non. Il est des voix qui protestent, et, pour l'honneur du pays, l'art a encore des sanctuaires où sont glorifiées ses personnifications immortelles : Beethoven au Conservatoire, Racine à l'Académie, Raphaël au Louvre. Et, s'il était à redouter que le courant matérialiste renversât ces sanctuaires, il en resterait bien debout quelque chose, comme ces colonnes dans le désert, qui attestent une civilisation effacée.

Mais ce livre, ou plutôt cette rapide esquisse, qui ne fait qu'indiquer au peintre moraliste un sujet à traiter, n'a pas la prétention d'être une défense de l'art, cette forme idéale de la pensée, qui trouve sa justification dans les plus nobles impressions du cœur; c'est simplement un souvenir auquel se rattache une donnée qui nous est personnelle, et que nous allons exposer en peu de mots.

Un de nos hommes éminents, qui mènent de front avec éclat la littérature et la science, recevait sous notre toit de Bretagne quelques jours d'hospitalité. Dans nos longues promenades au bord de la mer ou dans les loisirs goûtés au pied de nos grands arbres, nous causions avec abandon des beautés de la nature, de l'art et de la poésie; mais de ces régions un peu vagues nous revenions incessamment à la réalité des choses, à cette pensée, toujours debout comme un point fixe pour attirer toutes les aspirations de notre âme, pour exercer dans la lutte toutes les forces de notre intelligence : la destinée humaine et l'infini. — Lui, l'amant passionné de la science, et qui s'enivre de l'air qu'on respire sur ses sommets, croyait qu'elle possède la clef de tous les mystères, et que, dans son illumination souveraine, elle est à elle-même son principe et sa fin; moi, comme l'humble plante de ma vallée, je sentais que j'avais besoin, pour vivre, d'une goutte de rosée et d'un rayon de soleil, et que la science, comme Salomon dans sa richesse, était impuissante à me les donner. Que de fois alors, sur la limite de nos deux domaines, ne nous sommes-nous pas tendu la main, désirant l'un et l'autre voir le le complément de la destinée humaine et le terme de ses angoisses

en ce monde dans l'alliance indissoluble de la science et de la foi !
Pourquoi donc cette alliance, consommée en effet dans de si hautes
et de si nombreuses intelligences, en laisse-t-elle tant d'autres
encore dans une cruelle et perpétuelle hésitation? Qui fera tomber
les obstacles élevés entre la raison humaine et la démonstration
divine? Sera-ce quelque chose comme les trompettes devant les
murs de Jéricho? Ce sera, n'en doutons pas, devant la stérilité
des raisonnements superbes, une grâce céleste qui touchera le
cœur, et se servira, pour l'humilier d'abord, pour l'illuminer
ensuite, des éléments les plus vulgaires, comme il en fut autre-
fois d'un peu de poussière pour guérir un aveugle, d'un souffle
pour ressusciter un mort. Or, parmi ces éléments frêles, sous
lequels pourtant se cache une force divine, la poésie ne pourrait-
elle pas être comme l'étoile qui guidait les mages, comme la
manne qui tombait au désert? *Infirma mundi elegit*. Que de
mystères dans cette parole, qui écrase l'orgueil et sème sur ses
ruines le germe d'incomparables grandeurs! Certes, s'il est vrai
qu'il se découvre plus de vérités avec le cœur qu'avec l'esprit, la
mission du poëte, qui n'est que l'élan du cœur touché au vif, a
de quoi légitimer plus d'une espérance.

Toutefois cette mission, à laquelle nous avons cru, comme on
croit, à vingt ans, à la beauté, à l'amour, à la toute-puissance de
ses propres sentiments, nous semble toujours efficace, mais
d'une portée moins étendue. Le sacerdoce de la poésie, comme
on disait avec une expression de ferveur par trop ambitieuse, ne
peut se mettre, quelle que soit la hauteur de l'inspiration, à côté
du sacerdoce véritable. Si nous osions, non pas une comparaison,
qui serait une inconvenance, mais un rapprochement, maintenu
dans sa limite respectueuse, nous dirions que si, dans l'histoire,
les disciples sacrés par le Christ ont seuls revêtu le caractère

VIII

d'apôtres, les prophètes, ces poëtes de la Bible, ont pu joindre
à leurs sublimes prérogatives le titre modeste d'initiateurs, et,
de même que ces hommes inspirés ont été comme le trait d'union
entre les deux Testaments, de même, sans chercher d'autre ana-
logie, ne serait-il pas permis d'espérer que la poésie, de nos
jours, peut préparer aussi, par un accent plus vif de la vérité, la
réconciliation de ces deux puissances trop souvent séparées : la
religion et la philosophie?

Que faut-il donc pour croire? Il faut aimer.

L'auteur d'*Eloa*, par une gracieuse fiction, fait naître un ange
d'une larme; ce n'est pas assez dire d'un ange, c'est toutes les
clartés du ciel qu'une larme peut enfanter.

Nous lisions, l'autre soir, un volume de notre cher et trop
regrettable Ozanam Si nous ne pouvons, nous disions-nous,
atteindre à la hauteur de cette grande âme par le talent et les
patientes études, nous pouvons du moins chercher à l'imiter par
ses côtés accessibles : la foi et l'amour.

Puisse-t-on reconnaître dans ces pages, malgré quelques traits
d'amertume ou d'ironie, cette foi simple et vraie, cet amour,
dont l'expression la plus haute, la charité, traverse comme une
flèche le monde, la civilisation et le cœur de l'homme, et porte
à chaque blessure qu'elle fait le baume qui peut la guérir.

Saint-Ilan, 8 décembre 1856.

LA POÉSIE

LA POÉSIE

On ne lit plus de vers, fi de la poésie !
Le palais ne sent plus la divine ambroisie ;
Il faut, pour le flatter, le poivre, le piment,
Ce qui mord à la gorge ou fouette rudement.
La politique et l'or ont seuls quelque puissance.
La poésie est belle avec son innocence,
C'est un ange à laisser s'envoler vers le ciel ;

L'homme demande un pain moins immatériel.

C'est bien… Mais, chose étrange ! en ce siècle où nous sommes,

La poésie est rêve aux yeux de nos grands hommes,

Et pourtant, quand éclate un jour la vérité,

Ce rêve seul demeure une réalité.

Lois, constitutions, budgets, écrits, parole,

Comme d'un coup de vent sur un pont, tout s'envole ;

Et, tandis que l'orage a courbé tant d'esprits,

Le poëte est resté debout sur les débris.

C'est qu'il a dominé les passions humaines,

Qu'il a fermé l'oreille aux espérances vaines,

Et que, ne goûtant plus qu'un breuvage immortel,

Sa lèvre n'a qu'un nom et son cœur qu'un autel :

Dieu, son éternité, sa vérité suprême,

Ce qui, lorsque tout meurt, reste toujours le même.

Cependant des esprits qui font autorité,

Qui se piquent d'avoir pour eux la vérité,

Estimant le poëte une futile chose,

Se diraient volontiers : Que n'écrit-il en prose ?

Gens graves qui voudront, argumentant toujours,

Voir Homère en article et Virgile en discours.

Il est vrai qu'on a vu, rimeurs à l'agonie,

LA POÉSIE.

Tant de faiseurs de vers effrayer l'harmonie,
Qu'un immense dégoût de ces chants frelatés
Nous les fait rejeter comme des fruits gâtés.
Tant d'ongles mal taillés ont écorché les lyres,
On vit tant d'élans faux et tant de froids délires,
Que, pour mieux appliquer le bon mot de Platon,
A la place de fleurs on eût pris le bâton.
Mais de grâce, un moment; par dignité de l'âme,
Pour conserver le feu n'éteignons pas la flamme;
Un orateur en prose est fort bien écouté;
L'esprit sent la valeur d'un trait bien raconté;
Le causeur dont la verve anime la critique,
Qu'il soit littérateur, savant ou politique,
Dans un cercle élégant peut jeter de l'éclat;
Chacun de son mérite a droit de faire état.
Philosophe, parlez... Historien, légiste,
Antiquaire, penseur, puriste, économiste,
Gens titrés, non pas tous de par un parchemin,
Mais de par votre esprit, ce blason souverain;
Allez, nous écoutons et nous faisons silence,
Heureux si vos succès font pencher la balance;
Et, craignant d'emporter un reproche, un regret,
Nous laissons de la marge à quiconque en voudrait.

Quand un amphitryon réunit à sa table
Des rentiers, des banquiers, cette race capable,
Des femmes dont l'esprit trop mûr tourne au viril,
Le poëte apparaît comme neige en avril.
Quand dans son cabinet un mari cause bourse,
La plus tendre élégie est de peu de ressource,
Quoique parfois madame en fasse en prose ailleurs :
Dieu préserve mes vers de devenir railleurs !
Le sportman dans le turf n'a pas besoin de rimes,
Il faudrait entraîner Pégase à ses régimes,
Ou bien, comme la Bourse est utile aux *lions*,
En faire à leur service un porteur d'actions.
Certes, dans un congrès, dans une conférence,
Où de grands intérêts commandent déférence,
Ce n'est pas là qu'il faut chanter un madrigal.
Mais on ne marche pas toujours d'un pas égal :
Dans un discours d'éclat, devant une assemblée,
Comme l'aigle, un moment l'âme a pris sa volée ;
L'humanité, l'État, la science et les lois
Prêtent l'éclair aux yeux et la foudre à la voix ;
L'éloquence a ravi... Mais l'esprit s'humanise ;

On retrouve la rue au sortir de l'église ;
Après le flot d'encens on a le coin du feu ;
L'homme en robe de chambre est fort loin d'être un dieu !

Et pourtant, seul, pensif, oppressé par son âme
Comme un foyer de cendre où se cache une flamme,
L'homme parfois, touchant le seuil de sa maison,
Voit des lueurs dorer un immense horizon,
Il dépasse en désirs les plus riches promesses,
Il remue en son sein des sources de tendresses ;
Le parfum de laurier qu'il recueille en chemin
N'est rien si de sa mère il n'a baisé la main.
Une sœur dont la vie est en vous plus qu'en elle,
Un ami qu'on revoit, un enfant qu'on appelle,
Une femme où le ciel a semé ses vertus,
Voilà la poésie, ou bien elle n'est plus.
Cette fraîche oasis repose la pensée ;
Ce souffle intérieur, lorsque l'âme est blessée,
L'épure et la guérit du choc des passions,
L'enlève avec la foi dans d'autres régions ;
Et c'est de cet élan que votre esprit badine !
Il pique, comme un ver, la fleur dans sa racine !

O grande vanité! reine-enfant des salons,
Qui, pour parler de haut, exhausses tes talons,
Ame constamment vide et volonté sans force,
Dont le dédain est l'art, l'amusement l'amorce;
Si ton front est sans honte et ton œil sans fanal,
Qui te flagellera du vers de Juvénal?
Tu suis servilement tous les pas de la mode;
De ses goûts les plus faux ton esprit s'accommode;
Esclave du plaisir, du bruit, du préjugé,
Tu prétends que par toi le poëte est jugé?
Il mériterait bien de subir ton supplice,
Certes, s'il acceptait la loi de ton caprice,
Si le feu qui l'anime, à ton cœur étranger,
Brillait ou s'éteignait sous ton souffle léger.
Qu'importent la faveur, l'engouement de la foule?
Qu'importent l'envieux, le railleur qui refoule
Ce qui trahit de l'âme un généreux essor?
Le poëte a gardé l'ineffable trésor;
Mais ce trésor, doit-il en rester seul le maître?
Doit-il donc dérober, comme un avare, un traître,
Cette manne qui tombe abondante pour lui,

Quand l'homme en son désert meurt de faim et d'ennui ?
Je ne me méprends pas à l'apparence vaine
D'une vie où le sang est pauvre dans la veine ;
A ces éclats menteurs d'un bonheur aux abois
Qui, pour mieux s'abuser, enfle sa propre voix.
Je compte peu sur l'homme aux airs pleins de mystère
Qui porte sur le front comme une trace austère
De méditations, d'efforts de volonté,
Quand c'est pour être, au fond, préfet ou député.
Non ; s'il fallait avoir un digne aréopage,
On trouverait encor des hommes d'un autre âge,
Des femmes dont le cœur est un écho d'amour,
Éden de poésie où Dieu fait son séjour.

Mais une âme qui sent que sa force est de croire
S'arrête à peine un jour à contempler la gloire ;
Elle monte en l'éther comme un cygne argenté,
Et traverse le temps pour l'immortalité.
Comme ces mille bruits qui s'élèvent ensemble,
Ces chants confus d'oiseaux dont nul ne se ressemble,
Comme ces vents de mer, ces coups de foudre aux cieux,
Ces retentissements des volcans radieux.
L'homme sur les hauteurs par son génie habite ;

Ce n'est plus d'ici-bas que son âme palpite;
Le barde ossianique est maître, cette fois;
De la famille humaine il est la grande voix!

LA GRANDEUR

LA GRANDEUR

Que faisons-nous, enfants d'une même patrie?
De tristes passions, quoi! notre âme est flétrie!
L'envie, et la colère, et la haine, et l'erreur,
Comme d'affreux vautours, s'arrachent notre cœur!
Mais pourquoi cette guerre inique, sacrilége?
Pourquoi chaque sentier recouvre-t-il un piége?
Pourquoi, lorsqu'à son frère un frère offre la main,
Ne trouve-t-il en lui que le cœur de Caïn?

Rien de grand, d'élevé, de généreux, d'insigne,
Ne donne essor à l'âme en cette arène indigne ;
La basse calomnie, et la boue, et le fiel,
Comme un impur brouillard, lui dérobent le ciel.
N'avons-nous donc au front, chrétiens froids que nous sommes,
Nulle trace du sang qui coula pour les hommes?
Au cœur, rien de l'amour que le Christ apporta,
Qui, d'un seul cri, fendit le roc du Golgotha?
N'est-il pas temps, enfin, de montrer à notre âge
Où vivent les vertus, où s'apprend le courage?
Le devoir, combattant la lâcheté, l'ennui,
La volonté qui s'arme où tout le reste a fui ;
Le dévouement, qui tient le mal sous sa puissance,
La charité, la foi, le travail, l'espérance :
Voilà la voie où l'âme, emportée avec Dieu,
Comme Moïse, suit la colonne de feu !
Mais, si, de passions la vestale éperdue,
Souille son voile blanc aux ruisseaux de la rue ;
Si l'artiste, oubliant sa noble mission,
Livre aux fureurs des sens son inspiration ;
Si le burin, gravant les pages de l'histoire,
Ne sait pas que, pour lui, le vrai seul est la gloire ;
Si la plume, vendue à l'orgueil, au crédit,

Immole le génie au plus futile esprit ;
Si d'ombrageux pouvoirs la folle politique
Veut courber sous son fouet tout caractère antique ;
Si les ambitions, obstruant le chemin,
Comme des mendiants, se tiennent par la main ;
Et si le cœur, gardé des atteintes vulgaires,
S'ouvre pour exhaler ses soupirs solitaires,
Malheur ! car cet éclat, qui nous séduit un jour,
Ce n'est pas la grandeur... de Babel c'est la tour.
La grandeur ! c'est la loi qui gouverne les âmes,
C'est l'amour des enfants, c'est le respect des femmes ;
C'est l'équitable esprit qui fait l'autorité,
Le for intérieur qui fait la liberté.
La grandeur !... c'est l'honneur au-dessus des richesses,
La richesse de l'âme au-dessus des noblesses ;
Ce sont ces titres fiers acquis par les aïeux,
Qui valent, mais autant qu'on les rend glorieux.
La grandeur !... c'est la voix dans son accent sublime ;
C'est l'art, dont un volcan semble allumer la cime,
Mais qui, loin de semer le ravage et l'effroi,
Porte, comme un soleil, vie et splendeur en soi,
Féconde le génie, élève sa puissance,
Parle aux grands de devoir, aux petits d'espérance,

Aux yeux de beauté chaste, au cœur du saint amour.

Aux instincts égarés de Dieu qui juge un jour...

La grandeur!... c'est le front courbé par la science,

Qui de son rôle ici garde la conscience,

Et qui, ne bornant pas sa vue à l'horizon,

Dépasse par la foi l'orgueil de la raison.

La grandeur!... c'est l'éclat qui jaillit de nos armes;

Le sang de nos martyrs qui nous défend les larmes;

L'ange voilé du nom de sœur de charité;

Le sacerdoce où Dieu vit dans l'humanité!

Qui peindra la beauté, l'honneur de la patrie,

Avec ses monuments, ses arts, son industrie,

Sa gloire, son progrès, infatigable effort?

Un seul mot... L'homme est-il, dans son âme, plus fort?

Sait-il diviniser l'esprit dans la matière?

Suit-il d'un œil plus sûr l'immortelle lumière?

Il est grand... mais, hélas! si, dévoré d'ennui,

Plus il va, plus la soif devient ardente en lui,

De l'égoïsme alors la plus hideuse escorte

De son cœur chaque jour presse, assiége la porte;

Sous le frac élégant ou sous le tablier,

Dans le salon pompeux ou dans l'humble atelier,

L'homme, toujours le même, atteint de même ivresse,

Veut plaisir, vanité, luxe effréné, richesse,

Ce qui flatte des sens l'instinct toujours plus vif,

Et son âme a plié sous les fers d'un captif.

Je ne m'étonne plus, sortant des solitudes,

Du combat fratricide et de ces accents rudes

Qui meurtrissent les cœurs, cher faisceau désuni.

Le temps est tout pour eux, rien pour eux l'infini;

L'amour, ce doux secret ennoblissant les âmes,

Est le prix applaudi de la honte des femmes;

La noble ambition qu'inspire un grand devoir,

C'est un bout de galon, un lambeau de pouvoir;

L'art, c'est l'appel aux sens, quelquefois moins encore,

C'est l'inspiration qui d'un marché s'honore.

Que dis-je? Mais assez : ce spectacle fait mal.

Au navire en péril n'est-il aucun fanal?

Dans le suprême instant où dans l'abîme on sombre,

N'est-il aucun rayon qui perce à travers l'ombre?

Pas une planche amie où l'intrépide cœur

S'attache et ne veut pas mourir sans quelque honneur;

Sans avoir disputé sa vie au gouffre immense,

Sans avoir savouré sa dernière espérance :

Le baiser de sa mère et celui de son fils,

Le souvenir sacré du foyer, du pays?

2

Oh! l'âme est bien tombée, et sa chute est cruelle,
Si, quand tout est perdu, la foi n'est plus en elle ;
Si tous ces ossements, comme au jour d'Ézéchiel,
Ne se redressent pas sous un souffle du ciel !
L'âme, de ses destins, hélas! est bien déchue,
Si la vague du monde, en la saisissant nue,
La jette à quelque rive, épave du mépris,
Et d'un temple divin ne fait qu'un vil débris !

PARIS

PARIS

De toutes les cités, ô cité souveraine,
Paris, qui t'a donné ton fier bandeau de reine?
Qui dans ton sein forma ce cratère fumant
Où bout longtemps l'idée avant l'embrasement?
Ce ne sont pas les bruits de tes places publiques,
Tes théâtres remplis comme tes basiliques,
Tes foules éveillant, comme au loin les rameurs,
De sourds mugissements ou de vastes clameurs;

Ce n'est pas dans les soirs aux longues promenades,
La poussière qui vole au trot des cavalcades;
Les chevaux haletant sous le fouet des cochers;
L'airain retentissant aux flèches des clochers;
Les escadrons pressés dont le casque étincelle
Comme une mer d'acier qui dans le feu ruisselle;
Ce n'est pas la lueur d'un multiple foyer
Qui, nocturne volcan, fait la ville ondoyer;
Le travail t'embrassant, quand sa grande aile s'ouvre,
Depuis le Panthéon jusqu'aux sommets du Louvre,
Animant les marteaux, la scie et les leviers,
Et ne laissant dormir aucun de tes quartiers;
Ce ne sont pas tes chants, tes danses dans les salles,
Tes orchestres géants, tes fêtes colossales,
Tout ce tumulte enfin, ce brillant coloris
Qui rend belle à ton front ta couronne, ô Paris!
Non, c'est au ciel ouvert dans un vent de tempête,
Une langue de feu qui darde sur ta tête;
C'est l'esprit... pur rayon de l'éternel soleil,
Phare allumé par Dieu pour tes nuits sans sommeil;
L'esprit qui donne vie à toute la matière
Et fait nager le front dans un flot de lumière;
L'esprit qui, pénétrant comme un trait dans ton sein,

A lancé ton génie impatient du frein;
C'est lui qui se révèle en d'innombrables formes :
Ici, main de Titan roulant des blocs énormes;
Là, Prométhée ardent qui s'empare du feu
Et surprend chaque jour quelque secret à Dieu.
C'est lui qui, dans l'espace où sa ligne est tracée,
Donne, au lieu de coursiers, l'éclair à la pensée,
Ouvre par la science, en des cieux inconnus,
Des chemins où l'œil suit les astres éperdus.
Par lui l'herbe des champs, l'insecte au fil de soie,
Dont ton métier magique a su faire sa proie,
Déroulent un tissu si vrai dans ses couleurs,
Que la nature même y reconnaît ses fleurs.
Ton marbre est le rival de Corinthe et d'Athène;
Il soupire l'amour ou respire la haine;
Il presse du poignard le sein de Spartacus,
Ou prête le sourire aux lèvres d'Atticus;
Ta force, en élevant comme un mât l'obélisque,
Lance, pour se jouer, un palais comme un disque;
Mène de front calculs, arts, politique et lois;
Porte le monde entier, sans fléchir sous son poids.
Voilà de cet esprit quelques signes à peine,
Sans plus se pénétrer de sa vivante haleine

Qui brûle en tes écrits, palpite en tes discours,
Mêle opale et rubis à l'azur de tes jours,
Unit dans tes salons la grâce à l'élégance,
Compliment sans fadeur, fierté sans arrogance,
Sel attique où la voix traduit discrètement
La nuance qui sied à chaque sentiment;
Sans creuser plus au fond, sans chercher à comprendre
Pourquoi dans l'étincelle a volé de la cendre,
Pourquoi la scène, ouverte à chaque passion,
Change un élan sincère en fausse émotion;
Pourquoi l'on voit souvent, spectacle triste, étrange,
Le regard d'un démon rire dans l'œil d'un ange;
L'harmonie éclater dans un concert faussé,
Un homme jugé grand n'être plus qu'exhaussé;
La défaite épier les pas de la victoire,
Le plaisir s'attrister, et s'obscurcir la gloire,
Et le faux et le vrai, le vice et la vertu
Faire avorter l'éclair sur ton front abattu.
Mais relève ce front qu'un lourd nuage incline,
Dont le bandeau se change en couronne d'épine,
Où le doute a laissé trop souvent sa pâleur,
Où la joie a senti la dent de la douleur;
Et, te faisant l'écho de la vérité sainte,

Semblable à Salomon, enferme en ton enceinte
L'arche, salut du monde où la splendeur de l'or
N'est qu'un faible reflet de ce divin trésor ;
Évoque du génie un éclat sans mélange,
Pinceau de Raphaël, ciseau de Michel-Ange,
Clavier de Beethoven, bronze de Cellini,
Vers de Dante au vol d'aigle abordant l'infini,
Plume de Fénelon, accent de Bourdaloue ;
Tout ce qui, dans les arts, touche, saisit, secoue ;
Tout ce qui fait monter le cœur au premier rang,
Alors, Paris, alors la foi te fera grand !

PARIS LE SOIR

PARIS LE SOIR

I

Paris charme le jour, mais enivre le soir;
C'est au gaz éclairé qu'il faut surtout le voir,
Lorsque de mille jets la flamme étincelante
Est rayon de soleil ou d'étoile filante,
Lorsqu'en longue avenue un flot de gaz en jeu
Semble d'un riche écrin la rivière de feu.
C'est aux bals, aux cafés, aux concerts, au théâtre,
Où la foule, partout éperdue, idolâtre

De chant, de bruit, d'éclat, de mouvement fiévreux,
Fait du Paris brillant le pays des heureux.
C'est l'heure où la cité, ne sachant plus que faire,
A dit : « Pour le plaisir, à demain toute affaire ! »
L'heure où le magistrat ou l'académicien,
Dans d'aimables salons se fait tout Parisien ;
Salons où sous le lustre un rang de jeunes femmes
Lutte avec le cristal d'étincelles, de flammes ;
Salons où diamants, or, lapis et rubis
En font aux yeux charmés un païen paradis.
Et, sur cent autres points, quelles bruyantes fêtes !
Que d'éclairs dans les yeux ! que de fleurs sur les têtes !
Depuis l'éblouissant ballet de l'Opéra
Jusqu'aux jardins hantés des nymphes de Bréda !
Nul ne pense, à cette heure, être au milieu des ombres.
Pourtant il est au loin des carrefours plus sombres
Où des voix sans accents, des pas silencieux
Attendent au retour ces gens toujours joyeux.
Il est une moitié de ce Paris de flamme
Qui porte en elle un nom, une pensée, une âme ;
Une moitié plaintive, obscure, et d'un autre air ;
Qui n'a pas sur son front l'étincelle et l'éclair,
Mais un bandeau cachant une large blessure :

C'est le Paris saignant, le mal, la lie impure :
C'est aussi le malheur, la vertu dans l'oubli,
Le côté douloureux dans l'ombre enseveli.
Pendant que le plaisir règne avec son ivresse,
Une femme, un enfant, meurent dans la détresse ;
La police relève un homme assassiné ;
L'un triomphe d'un vol, l'autre est emprisonné ;
Le vice tend ses rets à chaque coin de rue ;
Une voix trompe et perd l'innocence accourue ;
Les viles passions, le jeu, l'amour de l'or,
Quand tout repose autour, veillent longtemps encor.
C'est une autre cité que ce Paris sous terre,
Avec ses flots fangeux, son sinistre mystère,
Ces visages, ces bras, lugubres visions
Qui surgissent au jour des révolutions.
Mais à quoi bon troubler la douce insouciance ?
Tant d'hommes sont heureux de la simple apparence !
Paris charme le jour, mais enivre le soir ;
C'est au gaz éclairé qu'il faut surtout le voir !

II

Paris a dépassé la Babylone antique .
Il conserve pourtant quelque chose d'attique ;
Son esprit est brillant, son génie inspiré,
Et, s'il peut être plaint, il doit être admiré.
C'est le centre des arts, le foyer des pensées ;
Son sein laisse éclater des forces condensées ;
Ses œuvres, ses écrits, ses luttes, ses travaux,
Portent le sang aux cœurs et la fièvre aux cerveaux.
La vie ardente en lui coule comme une lave ;
De l'or, de l'industrie il est le grand esclave,
Mais de l'intelligence il est le souverain.
Rien de grand qui ne croisse au contact de sa main ;
La science, si fière, à ce roi rend hommage ;
Son histoire a l'airain et le marbre pour page ;
Et les esprits divers, le prenant tous pour but,
Comme des courtisans lui portent leur tribut.
Cependant, s'il est grand dans sa magnificence,
Il est plus grand encor quand il met sa puissance

A garder ses devoirs, à vaincre ses plaisirs,

A donner aux vertus l'ampleur de ses désirs.

Où s'ouvrirent jamais tant de sources plus belles!

Tout jaillit à la fois en flots, en étincelles :

A l'inspiration le génie attentif

De sa noble pensée est librement captif;

Une voix attendrie aux souffrances de l'âme

Près d'un lit de douleur trahit un cœur de femme :

Plus d'un enfant perdu, plus d'un pauvre ouvrier,

Fréquente plus heureux l'école et l'atelier;

Des maux sont effacés, des mères désolées

Reviennent au foyer fortes et consolées;

Et des anges, suivant les hommes pas à pas,

Recueillent pour le ciel tous les pleurs d'ici-bas.

Qui ne s'est pas donné ce plaisir d'un autre ordre,

De voir mille ouvriers s'assembler sans désordre;

Au sérieux appel du dimanche, le soir,

Sur les bancs de l'église, en rangs pressés, s'asseoir;

Et là, tout confiants, attentifs, en silence,

Écouter et redire un chant plein d'espérance;

Laisser, au son de l'orgue, élever et frémir

Ces pauvres cœurs souvent qui n'ont su que gémir!

Et quand l'épanchement s'est fait complet et tendre,

Voyez tous les regards, tous les esprits se tendre
Vers la tribune simple où l'ardent orateur
Leur jette sans apprêt sa voix avec son cœur :
C'est la foi qui l'anime et l'amour qui le presse ;
Ces amis inconnus, ces âmes en détresse,
Ces hommes dont la main s'endurcit au ciseau,
Il les aime, et d'amour il en fait un faisceau.
Il parle charité, foi, dignité de vie ;
Du bien, du sacrifice, il fait naître l'envie ;
Le fils devient plus pur et plus tendre l'époux ;
Le travail est plus cher et le devoir plus doux.
O Paris ! ta jeunesse, ivre, emportée et folle,
A ses retours bénis et par instants console.
Qu'elle est belle et touchante en son élan de feu ;
Quelle douleur qu'entière elle n'aime pas Dieu !
Quel crime de jeter son âme à l'imposture !
De ne lui présenter qu'une indigne pâture ;
De souiller dans l'orgie, et de sentir atteint
Ce coup d'aile qui porte au plus royal destin !
Faut-il qu'à la raison se mêle la démence !
Voir finir par des pleurs ce que le chant commence !
Hélas ! Paris est l'homme avec son double autel,
Bien et mal confondus jusqu'au jour éternel !

LA MODE

LA MODE

La mode quelquefois a d'étranges allures ;
Les esprits les plus sains, les âmes les plus pures,
Acceptent sans contrôle et font, sans raisonner,
Tout ce que ce tyran daigne leur ordonner.
Il est près de Paris un asile champêtre,
Un bois délicieux, où vous croyez peut-être
Que l'on va, le matin, s'enivrer de fraîcheur,
Savourer un amour ou plaindre une douleur,

Respirer un parfum de jasmin ou de rose !

Non, du tout : on y va pour goûter autre chose ;

L'œil à peine entrevoit les verdoyants rameaux ;

Mais, en revanche, il suit les fleurs sur les chapeaux.

Le lac au bleu miroir, les berceaux de feuillage,

Les gazons, les rochers, sont pur enfantillage.

Voyez cet écuyer, si près de son cheval,

Qu'on les prendrait tous deux pour le même animal ;

Cette calèche, ouverte à de blanches épaules

Où des cheveux dorés laissent pleurer leurs saules ;

Quelle belle harmonie avec le vent des bois !

Et les *lions* donnant du geste et de la voix,

Breaks et victorias faisant voler le sable,

Appels, hennissements, tumulte intarissable,

Toilette éblouissante en équipages frais,

Imperceptibles grooms et grands chevaux anglais ;

Ah ! dans Boulogne ainsi que la nature est belle !

Et, le soir, il convient qu'une robe nouvelle

Paraisse, à la même heure, en deux ou trois salons.

Si l'on a pu franchir crinoline et ballons,

Dans ces cercles choisis on voit une parure

Qui, cette fois, rappelle un peu trop la nature,

Et l'art peut-être aussi, car un sourcil bien peint,

Des roses et des lis embellissant le teint,
Prouvent de doigts coquets l'adresse souveraine.
Ainsi de tout la mode, en riant, est la reine :
Opinions, plaisirs, toilette et jusqu'aux traits,
Tout suit sa fantaisie et subit ses décrets.
Et ses décrets sont chers... Le luxe insatiable
Commente, chaque jour, leur texte variable ;
La parure de bal, la soie et le satin,
Après l'éclat du soir se soldent au matin.

Quelle est la volonté qui se lève et proteste ?
Mais, quand du dernier bruit s'est dissipé le reste,
La *Marianne* veille en l'antre ténébreux...
Sept cent mille ouvriers se disent malheureux ;
Mensonge !... mais pour nous vérité redoutable.
La fièvre est à leur lit, l'envie est à leur table ;
Ils ont forgé les clefs qui gardent tout trésor :
Ils ont du fer, du feu, mais ils veulent de l'or.
Impitoyable haine, éternelle dispute,
Où celui qui jouit blesse celui qui lutte ;
Où l'homme, n'écoutant que l'âpre passion,
Porte des jours troublés, sans résignation !

Craignons ce rêve où l'âme, en sa vie oublieuse,
Croit que tout son destin est d'être radieuse,
D'effeuiller de plaisir en plaisir ses moments,
De suivre un peu partout les doux entraînements,
Et de rendre à la mode un culte si crédule,
Que, dans le danger même, on reste ridicule.

LA CHARITÉ

LA CHARITÉ

La foi, la charité, sont deux noms à la mode;
Ils donnent un maintien de bon ton et commode;
La charité surtout a des airs élégants.
On ne la voit jamais sans manchettes, sans gants;
Elle tient avec grâce une bourse de soie;
Sa sensibilité n'altère pas sa joie.
Le doute qui s'attache au lit d'un moribond,
La mansarde qui cache un désespoir profond,

Exercent rarement cette qualité douce ;

C'est un vent plus léger qui vers le ciel la pousse.

Un spectacle, un concert, quelquefois même un bal,

Tout ce qui peut voiler sous un plaisir le mal,

Font de ses soins pieux le succès ordinaire.

On confond orphelins, toilette et luminaire.

Le pauvre est bien à plaindre, hélas ! mais, voyez-vous,

Nous sommes écrasés ; c'est pitié que de nous !

Nous ne pouvons suffire à tout ce qu'on réclame.

— Mais où donc allez-vous, si brillante, madame ?

— Une réunion... prendre encore un fardeau,

Quand il faut deux cents francs pour le moindre chapeau ! —

Et mille autres propos, tous de cette importance ,

Quand quelques-uns n'ont pas un peu moins d'innocence :

C'est ainsi qu'apparaît en robe de satin

La charité, qui brille au soir plus qu'au matin.

Mais, dans ce salon même où cet esprit sautille,

Il est souvent aussi plus d'une jeune fille

Qui, dans le sein de Dieu puisant la charité,

Conserve son parfum par un ange abrité.

Il est plus d'une femme, à la chaste attitude,

Qui du pauvre a su faire elle-même une étude,

Et qui, voyant le monde au flambeau du devoir,

Laisse d'un noble cœur la pitié s'entrevoir.

Certes, si le dandy, la parodie amère

Du goût, du gracieux dans sa forme éphémère,

Lorgne la blanche main qui s'ouvre devant lui,

Et donne de son or par vaniteux ennui;

Il est de jeunes cœurs, à la grâce virile,

Qui passent froidement dans la foule futile,

Et dont la vie, aimant le soin vrai des douleurs,

Semble garder en eux la dignité des pleurs.

Certes, le monde est vain, folle est son apparence;

Mais la vertu pourtant n'y perd pas l'espérance,

Plus d'une âme a grandi sur son sol agité;

Allons, pour cet aveugle un peu de charité!

LE SERMON

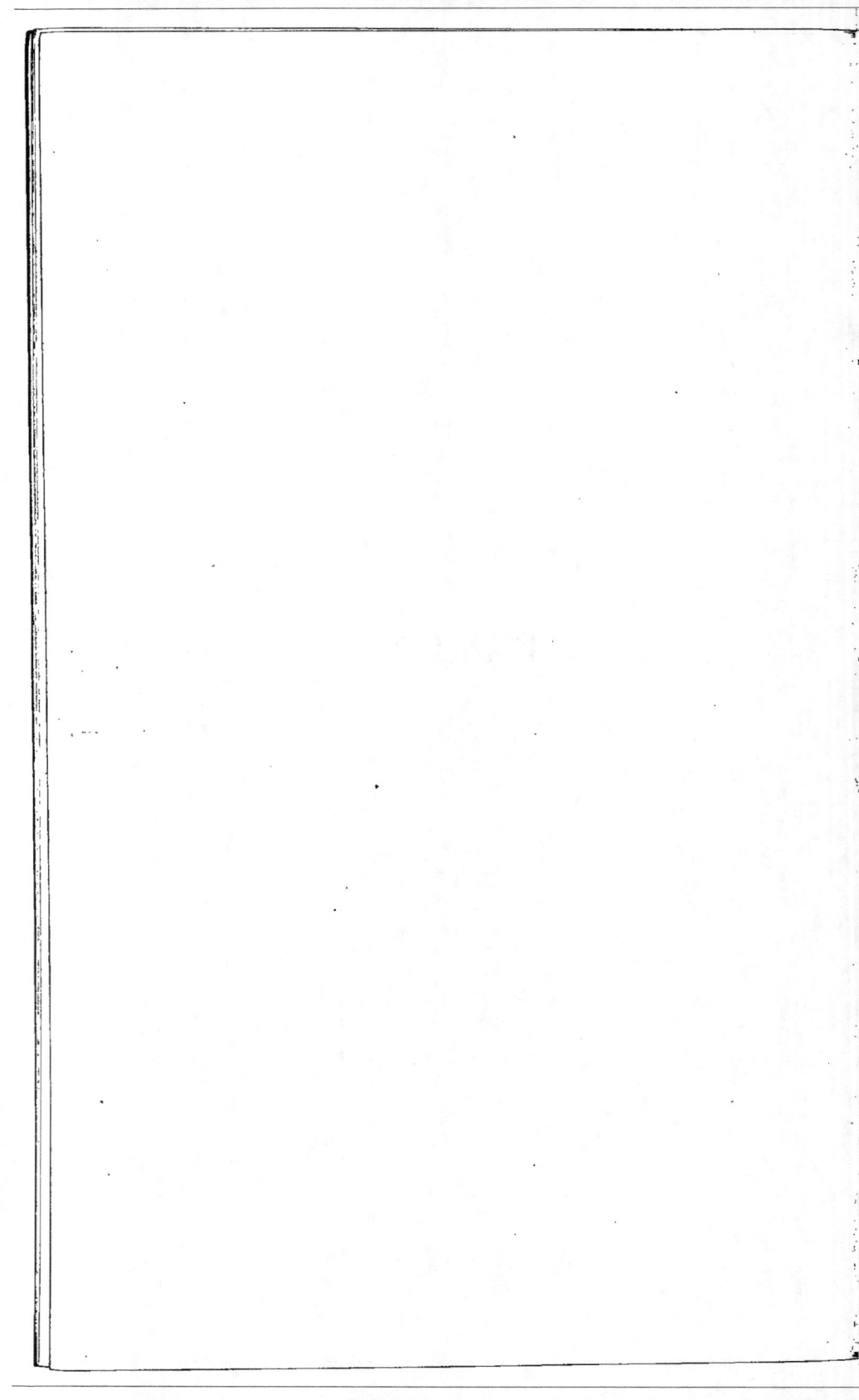

LE SERMON

—

I

Vous le voyez, Seigneur, votre temple est rempli.
Tous ces fronts attentifs gardent le même pli ;
La voix de l'orateur, vive, sourde, éclatante,
Tient de ces cœurs ouverts la fibre palpitante ;
Ils écoutent, pareils à ce peuple étonné
Quand sur l'Horeb en feu la parole eut tonné.

4

Quel accent! disent-ils, quels détails, quel ensemble!

C'est bien, c'est beau, c'est grand... Pourtant, que vous en semble?

Ce style si brillant est parfois relâché...

Le premier point est fort, l'autre est moins bien touché;

C'est vague, languissant, et de logique mince...

Mais, quand de la parole on est reconnu prince,

Quand pour texte on a Dieu, la vie et le tombeau,

Un discours imparfait peut pourtant rester beau!

Ainsi la vanité glisse au sein de la grâce,

Et dans ses vieux péchés chacun reprend sa place.

O pauvre humanité! vrai collége d'enfants,

Où les aînés, rendus plus taquins par les ans,

Faisant de tout succès la critique frivole,

Veulent en remontrer à leurs maîtres d'école!

Hélas! le temple vide, ô Christ! avec ta croix,

Quand au soir le silence est son unique voix,

Que nul pas ne s'imprime à la dalle plus sombre,

Que la lampe à l'autel dissipe à peine l'ombre;

Le temple vide où Dieu voit un adorateur

Dont le cri déchirant cherche un consolateur,

Et qui, las de ces jours que la mort ici compte,

De ces ardents instincts que sa volonté dompte,

De ces rêves perdus dans les regrets amers,

Et de ces visions, sombres reflets d'enfers,
Tombe en pleurs à genoux, se frappe la poitrine,
Et relève son front que la grâce illumine;
Le temple où la prière ouvre et ravit un cœur
Est plus digne de vous et plus rempli, Seigneur !

II

Fidèle à votre voix, Seigneur, voici la foule
Qui dans l'antique nef en longs flots se déroule.
Votre Verbe commande à ces fronts attentifs;
Quel triomphe pour vous que tous ces cœurs captifs !
Quel hommage éclatant que les libres pensées
Qui, devant votre autel heureuses ou blessées,
Repoussent tout objet étranger au saint lieu,
Et ne laissent passer que le souffle de Dieu !
Et qu'importe, en sortant, si quelque âme légère
Laisse tomber un mot de gaieté mensongère?
Le temple vide où l'homme a versé de ses pleurs,
Comme un jardin divin y voit germer des fleurs :
Fleurs des soupirs cachés, des muettes souffrances,

Des débris entassés des folles espérances,
De ces rêves d'orgueil que l'humaine raison
Promène dans son vol par delà l'horizon,
Mais qui, ne rencontrant que des spectres funèbres,
Retombent éperdus dans ses propres ténèbres ;
Fleurs de joie inconnue à ces cœurs maladifs
Qui dans la vie, hélas ! n'avaient que cris plaintifs,
Et qui, tout éblouis de soudaines lumières,
De rayons azurés sous ces voûtes de pierres,
Étonnés des accents que l'orgue dit pour eux,
Pour la première fois se sont sentis heureux.
Oh ! qu'il fait beau la voir, cette foule choisie,
Pleine de passion, de foi, de poésie,
De doute, de remords, d'amour, d'ardent désir,
Chercher la vérité comme unique plaisir,
Se suspendre, attentive, aux lèvres inspirées
Qui versent tant de baume aux âmes déchirées,
Et qui, dans ses erreurs bravant l'humanité,
Ne leur parlent du temps que pour l'éternité !
Qu'il fait bon se presser dans ce monde de frères,
Fils des mêmes tombeaux, fils des mêmes mystères,
Qui s'égarent ici sur tant de flots troublés,
Mais se trouvent au port un jour tous rassemblés !

Oh ! sortez de la nef, l'âme grave ou joyeuse,

Et ne redoutez pas la parole railleuse ;

Si le temple vous vit recueillis, à genoux,

Vous êtes temple aussi... Le respect est pour vous !

LE THÉATRE

LE THÉÂTRE

Le drame est au théâtre où la foule se rue ;
Il est dans le salon comme il est dans la rue,
Sur le tapis soyeux, sur le plancher mal joint ;
Mais le théâtre, lui, le complète en tout point.
Il en donne la clef, en fait goûter l'essence ;
Il prête au vice heureux un parfum d'innocence.
C'est un progrès... La foule avait ses préjugés :
Une souillure, un crime, étaient vite jugés.

On avait tort... il est du bon dans la souillure !

On ne sait pas assez le fond de la nature ;

Telle femme paraît sainte par le devoir,

Qui vaudrait mieux, peut-être, à se laisser déchoir...

On s'imagine encore être heureux quoique honnête...

Préjugé !... Le mensonge est le sel de la fête ;

La probité du cœur, qui s'estime avant l'or,

Peut être une vertu, mais n'est pas un trésor.

De nos jeunes premiers les airs, les gaillardises,

Offrent au feuilleton sujet à friandises :

Et la fille ingénue, au sortir du couvent,

Qui d'un riche inconnu fait un mari souvent,

Dans ce miroir poli de meurtres, d'adultères,

Peut achever un cours de leçons salutaires.

Et pourtant le théâtre est une chaire aussi,

Une école dont l'art a bien quelque souci ;

Et l'art est le flambeau qui scintille sur l'âme :

L'art pousse l'homme au bien, il respecte la femme ;

Il n'a d'enthousiasme, en ses élans divers,

Que pour le beau, le vrai, jamais pour le pervers.

L'art, c'est Éliacin, cette grâce accomplie

Dont l'enfantine voix fait trembler Athalie ;

C'est Polyeucte, martyr au céleste maintien,

Qui fait frémir la salle au mot : Je suis chrétien !

C'est le Cid, c'est l'amant généreux de Chimène ;

C'est bien aussi le sens que cache Célimène,

Cette femme sans cœur, chassée avec mépris,

Car l'art enseigne au cœur dans les pleurs et les ris ;

Sa double mission confond, en apparence,

Le vice et la vertu, le crime et l'innocence ;

Mais il élève l'un, et l'autre, il le flétrit ;

Il n'empoisonne pas... il éclaire et nourrit.

BIEN OU MAL

BIEN OU MAL

Il est du sérieux dans la jeunesse folle ;
Cette main qui folâtre, à son heure console.
La femme dont l'esprit s'effeuille en vanité
A parfois un accent de sœur de charité.
Bizarre enchaînement, pitoyable mélange
Où l'on voit un démon qui joue avec un ange.
L'homme, tout d'une pièce, au mouvement égal,
Qui garde primitif l'air de son sol natal,

Qui croit, qui veut, qui pense, et dont l'âme est sincère,
Devant ce composé s'étonne et se resserre.
On est ou mal ou bien : — les chemins sont ouverts ;
Libre à soi de marcher ou droit ou de travers.
Mais désirer le but et suivre une autre route,
En vérité, voilà ce qui trompe et déroute.
Le foyer animé d'un feu vif et constant
Ne laisse pas aller sa flamme au gré du vent.
On conserve en son cœur une volonté ferme ;
A tout ce qui n'a pas droit d'entrée, on le ferme ;
Et, s'il fallait ici dérouler jusqu'au bout
Cette queue où s'enlace un goût à l'autre goût,
Montrer ces renardeaux dont l'espèce hardie
Attaque et boit le sang de l'âme refroidie,
Peut-être, sous la gaze et le bouquet de fleurs,
Plus d'une plaie ouverte arracherait des pleurs !

ÈTRE OU PARAITRE

ÊTRE OU PARAITRE

— —

Paris s'est dit un jour : Honneur! religion!
Et la mode en a fait une contagion.
Mais qu'est-ce que l'honneur? Est-ce cette sagesse
Qui consiste à cacher le vice avec adresse?
Et la religion est-elle simplement
Un meuble à notre usage avec compartiment?
D'un côté, les chiffons qui vont aux jours de fêtes,
De l'autre, un superflu réservé pour les quêtes?

Ailleurs le livre noir à la peau de chagrin,
Dont un fermoir d'argent protége le satin?
L'honneur, est-ce partout dignité dans la vie?
Le caractère droit qui désarme l'envie?
La noble ambition qui s'avoue au soleil,
Sûre que son essor est au devoir pareil?
Et la religion, est-ce notre pensée
Du poids de l'infini jour et nuit oppressée,
Et qui, de dévouement nourrissant chaque jour,
Se sent comme emportée en un torrent d'amour?
Honneur, religion, soleils dans la nuit sombre,
Sont-ils en toi, Paris, ou n'en as-tu que l'ombre?

FAUX PLAISIR

FAUX PLAISIR

Nous sommes las de vous, bals, spectacles et fêtes,
Fleurs rajeunissant mal tant de branlantes têtes,
Teints fardés, masque où brille un éclat emprunté;
Nous sommes las de toi, monde de vanité!
Voilà ce qui se dit chaque soir à l'oreille,
Et chaque soir apporte une ivresse pareille.
On sent d'une façon, on agit autrement.
L'esprit dit une chose. et le cœur la dément;

Le cœur sans volonté, le cœur toujours le même,
Sphinx dont Dieu seul connaît et résout le problème.
Ainsi marche la vie atteinte au fond, hélas!
Comme un cygne blessé qui laisse à chaque pas
Quelque plume de l'aile où la blancheur s'altère,
De plus en plus toujours baissant, rasant la terre,
Et dans ces régions d'ombre, de demi-jour,
Cherchant où déposer son nid privé d'amour.
Car aimer, n'est-ce pas adorer, croire et vivre
De ce regard du ciel dont la douceur enivre?
N'est-ce pas écarter de tous sentiers boueux
Ces purs élans des cœurs qui s'embrassent entre eux?
Aimer, c'est un espoir plutôt qu'une tendresse.
La mesure du cœur n'est pas une caresse;
Infini dans le but de sa création,
L'infini peut lui seul calmer sa passion.
Et dans tous ces salons aux fades causeries,
Dans ces rires menteurs et ces agaceries,
Dans le bal, le souper, le Sport ou l'Opéra,
Partout où le caprice aveugle entraînera,
Partout où vit le faux, le mouvement stérile,
Vous espérez changer en gaieté votre bile;
Mais la plainte demeure au fond de vos plaisirs.

Vous vous moquez de tout, même de vos désirs.

Pauvres jeunes vieillards, moins le respect de l'âge,

Oui, la plainte sera votre éternel langage :

Nulle femme, nul jeu, nulle course, nul bal,

Ne guériront du cœur l'inexprimable mal.

Oh ! qui n'a pas senti, comme un cancer qui ronge,

Le vide dans lequel l'impur plaisir vous plonge?

Qui n'a pas aspiré sur sa lèvre de feu

Cet amour... malfaiteur qui se cache de Dieu?

La fièvre de vingt ans qui brûle la poitrine

Ne veut pas toujours boire à la coupe divine;

Victime qu'on attache à l'autel détesté,

Elle rompt son lien et fuit en liberté;

Mais la douleur l'atteint dans sa course isolée.

Elle revient à Dieu pour être consolée.

POÈTE ET FEMMES

POÈTE ET FEMMES

On reproche à mon cœur de n'avoir qu'une voix,
D'ensevelir sa vie en ce seul mot : Je crois;
De ne pas s'enivrer de bruit et de fumée,
De ne pas se mêler à la scène animée
Du monde où vit ardent le feu des passions,
Où l'esprit est troublé de folles visions,
Où parfois, revêtant les ailes du délire,
À poursuivre son rêve il fatigue la lyre,

Confond le bien, le mal, le plaisir, le devoir,
Et de toute figure est l'obligeant miroir.
Serait il difficile à l'âme solitaire
De mêler une voix à ces voix de la terre,
D'éveiller des échos de plaisir dans son sein,
De tisser une trame à plus léger dessin,
De montrer une source au creux de la montagne
Où se mire une fleur qu'une brise accompagne?
Par d'indiscrets aveux, de caresser les sens,
De changer en phosphore une flamme d'encens?
Non; mais, pour m'en vouloir de n'aimer qu'une chose,
De ce suprême amour connaissez-vous la cause?
Pour condamner le cœur qui n'a qu'un seul accent,
Avez-vous pour y lire un œil assez perçant?
Les rumeurs de la rue et les cris de la foule
Vous font tout mesurer sur ce flot qui s'écoule;
Ainsi, dans le désert, le voyageur surpris
Voit le sphinx immobile et ne l'a pas compris.
Accusez donc ma plainte et mon chant monotone.
Toujours le même vent gémit au même automne;
Toujours le même flot gronde au même récif;
Toujours dans le concert même récitatif,
Mêmes larmes aux yeux, même souffrance en l'âme,

Mêmes nuits sans sommeil, mêmes foyers sans flamme,
Même Dieu qui nous parle et n'est pas écouté,
Même mort qui nous frappe et même éternité !

Femmes, votre doux nom, source de poésie,
A servi de jouet à toute fantaisie;
Il est temps de lui rendre, avec sa dignité,
Son sens le plus exquis dans sa simplicité.
Voulez-vous suivre encor la voix qui vous égare?
Changer l'ode en couplet et la harpe en guitare,
Rester toujours péri, sylphide, ange idéal,
Semi-divinité qu'encense un madrigal?...
Alors laissez l'amour qui fait grandir les âmes,
Prenez cet autre amour qui ne voit dans ses flammes
Que soupirs et baisers, taille svelte et beaux yeux,
La grotte au doux mystère et le divan soyeux;
Qui s'exalte à la lune; oh! qu'heureuse est la lune!
Quel amant l'oublia dans sa bonne fortune?
Elle est la confidente et le témoin discret
De ce qu'un rendez-vous garde de plus secret.
Elle a, dans sa lumière, un flot mélancolique
Qui vaut pour un rêveur toute une bucolique.
Et l'étoile, œil du ciel: le lierre aimant l'ormeau;

La fauvette qui donne un concert au moineau;
La rose et les bourdons qui se font des tendresses;
La nature qui n'a qu'extase et que caresses,
De ce thème connu la variante enfin...
Et voilà les hochets d'un éternel destin!
Mais n'avons-nous donc pas, entêtés idolâtres,
Pour raconter l'amour, les romans, les théâtres?
Le feuilleton est plein de scènes de boudoir;
Que de sonnets ont peint et l'aurore et le soir!
Qui n'est pas saturé de ces parfums de rose?
Qui ne comprend l'attrait de la métempsycose?
Et quel Werther n'a pas, poitrinaire plaintif,
Séduit quelque Charlotte au regard maladif?
N'avons-nous pas assez de tailles d'Andalouses,
De longs yeux de gazelle et de vertes pelouses,
De cheveux bruns ou blonds, de tout cet attirail
Qu'il vaudrait mieux laisser à l'ombre d'un sérail?
Allons, qu'il dorme en paix, ce Cupidon malade,
Le petit dieu malin finit par être fade.

Et nous, les incompris, les grands consolateurs,
Soleils qui répandons nos rayons bienfaiteurs,
Nous vous disons : Venez, venez à nous, ô femmes!

Confiez à nos cœurs le secret de vos âmes !
Voyez nos fronts pâlis et nos cheveux flottants,
Comme ces longs rameaux battus par les autans;
Comme ces rocs à pic où l'aigle fait son aire.
Nous sommes à l'abri d'une atteinte vulgaire;
L'amour seul, emporté sur ses ailes de foi,
Est digne de monter, poëte, jusqu'à toi !

Si ce culte est le vrai, d'un pôle à l'autre pôle,
Si le poëte est dieu, l'homme joue un sot rôle,
Et la femme encor plus. Mais il est d'autres lois :
Le poëte, c'est l'âme où Dieu jette une voix,
D'éternelles clartés c'est le lointain mirage,
C'est un rayon d'azur, c'est un éclair d'orage,
C'est l'algue à l'Océan, la cavale au désert,
Les sons précipités d'un enivrant concert,
Le souffle impétueux qui courbe ou déracine,
La fièvre du cerveau, le feu dans la poitrine;
Ce qui n'a pas de nom et qui n'obéit pas,
Ce qui fait éclater la splendeur du trépas !

Mais l'homme redescend de ce trône de gloire.
A peine si son œil en garde la mémoire,

6

Et son cœur, bien souvent dans son ardeur atteint,
N'est qu'un drap plus usé dont la couleur déteint.
Non, ce n'est pas vers nous, étoiles fugitives,
Que doit voler l'essaim de ces âmes plaintives;
Si l'instrument, fidèle à l'immortelle voix,
Vibre comme un écho plus pur entre leurs doigts;
Si les sourdes douleurs, les muettes alarmes,
Trouvent dans ses accents le langage des larmes;
Si la plainte s'apaise et si renaît l'espoir,
S'il dit une prière où Dieu se laisse voir,
Alors, poëte, alors ce n'est plus toi qu'on aime;
Mais tu gardes au front comme un reflet suprême!

NI VICE NI VERTU

NI VICE NI VERTU

— —

Il est dans ce Paris un essaim de sylphides,
Essaim d'esprits légers, mais nullement perfides,
Qui des rêves d'enfants ne sont jamais sortis,
Et trouvent à vingt ans des époux assortis.
La vie à deux se fait dans le luxe et la fête,
C'est le plaisir partout, mais le plaisir honnête;
Point de ces passions qui flétrissent les jours,
Mais le monde éveillant d'innocentes amours.

La vanité parfois s'introduit dans la place,

Mais, pour plaire, il faut bien essayer de sa glace,

Un mari n'est heureux que s'il demeure amant,

Plus la femme est coquette et plus l'homme est charmant.

Le devoir est alors ce que la mode indique.

L'époux, de son côté, devient très-méthodique;

Il range sa maison, et tient, sur son carnet,

En notes, son débit, son avoir brut et net.

Il donne le matin à son agent de change :

C'est du Lyon, du Nord, qu'il vend ou qu'il échange;

C'est un bon placement, une opération

Que son œil exercé suit sans distraction.

A midi, lorsqu'on a déjeuné, l'on commence

Un opéra-comique, un couplet de romance;

Devoir très-sérieux, il s'agit de la voix,

Et dans plus d'un salon on vous entend parfois.

Que dit-on? que fait-on? politique et nouvelle;

A ce souffle vital l'esprit se renouvelle;

Une heure passe vite au caquetage aimé

De cet esprit qui charme et veut être charmé.

Les visites tantôt et puis la promenade,

Ce triomphe éclatant, ce plaisir de parade;

Le bois, cette part faite à la distinction,

Qui prend tous les regards pour l'admiration.

Et le dîner? toujours de suprême élégance;

Et le soir, la toilette, ou le cercle, ou la danse;

Le théâtre, et parfois, pour varier un peu,

La médisance intime et douce au coin du feu.

Quelle innocente vie, et qui trouve à redire

A ce bouquet de fleurs que l'âme en paix respire?

L'âme, n'en parlons pas, c'est un mot incertain,

Dans un nuage obscur c'est un rayon lointain;

On ne peut guère aimer que ce qu'on peut comprendre;

Il ne faut pas prêter à qui ne peut pas rendre;

La vie est notre bien, chaque jour est compté,

Le temps a sa valeur avant l'éternité;

Le présent est certain, l'avenir est mystère...

Mais sur de tels sujets le mieux est de se taire.

Et pourtant, comme on craint de paraître un démon,

Le charmant petit couple a sa place au sermon.

Madame est patronnesse aimable et gracieuse;

Monsieur donne un louis pour chaque œuvre pieuse;

L'urbanité les fait, d'un même sentiment,

Témoins d'un mariage et d'un enterrement.

Nul devoir n'est omis dans chaque convenance,

Dans la joie ou le deuil parfaite contenance!

Chers amours, papillons dont l'aile a son duvet.

Qui de parfums, d'éclat, s'embaume et se revêt;

Voltigeant sans souci du muguet à la rose,

Sans chercher, dans la vie, à connaître autre chose.

Hirondelles rasant la surface de l'eau,

Cœur que n'a pas frappé l'implacable marteau,

Front qui n'a pas d'éclair, œil qui n'a pas de larmes,

Lac qui n'a pas de flot, jour qui n'a pas d'alarmes,

Voyageur qui n'a pas de poussière à son pied,

Qui marche sur la mousse et sous l'ombre s'assied;

Restez tranquillement sous ce riant feuillage;

Jouez, petits minets, pétris d'enfantillage.

Troubler votre rayon, ce serait cruauté.

La mort vous apprendra ce qu'est l'éternité!

APRÈS TRENTE ANS

APRÈS TRENTE ANS

Paris est le pays des âmes indécises ;
On les voit, le matin, assiéger les églises,
Et, le soir, les salons, car le monde avec Dieu
De joie et de douleur fait un juste milieu.
Un long voile enveloppe une ombre aux basiliques,
Mais cette ombre, en quittant ces bords mélancoliques,
Reprend la forme humaine et se pare de fleurs ;
Le rire est mieux goûté quand il succède aux pleurs.

L'impression est tout pour certaines natures;
Ne leur présentez pas plus fortes nourritures,
Un rayon, un parfum, un son mélodieux,
Composent de leurs jours le nectar précieux.
Que peut la volonté qu'un sourire désarme?
La raison que le cœur attendrit d'une larme?
L'âme molle, où ne vit qu'une lueur de foi,
Lorsque le rêve ardent lui dit : « Écoute-moi? »
Et de nouveaux printemps descendent sur ces têtes,
Sans jamais effeuiller leurs couronnes de fêtes;
Seulement, quand les yeux tombent sur un miroir.
On ne peut s'empêcher parfois de se bien voir:
La chère illusion passe comme un vain songe.
Le front pâlit alors, le visage s'allonge;
On sent sur le cerveau comme une main de plomb:
On voudrait voir un gouffre et s'engloutir au fond.

Pourquoi cette douleur des âmes immortelles?
On ne vous connaît pas, oiseaux aux blanches ailes!
Ce corps, d'où chaque jour tombe un attrait nouveau,
N'est-il pas la prison dont se brise un barreau?
La ride qui se glisse au satin de la joue.
Le cheveu blanc qui casse à la main qui le noue,

Ne sont ils pas un signe attentif et discret

D'un ami qui de nous est parfois inquiet?

Pourquoi ne rien comprendre à ce muet langage?

Et, près d'atteindre au port, reprendre son voyage?

Ah! laissons-les tomber, ces languissantes fleurs!

Ces rires si souvent faisant naître les pleurs,

Ces regards du passé que le présent attriste,

Et d'un temple nouveau soyons le grand artiste!

Que de charme en vos yeux, que de mystère en vous,

Quand, belles d'espérance et d'amour, à genoux.

Femmes, vous oubliez ces formes fugitives

Dont le frêle tissu tient les âmes captives!

Vous n'êtes plus au monde, aux rêves, aux plaisirs,

Mais à Dieu, qui reçoit vos immortels désirs.

N'est-il pas vrai qu'alors une ineffable ivresse

Vous tient lieu de succès, de beauté, de jeunesse?

Que votre cœur, baigné de lait pur et de miel,

Goûte dans ses transports quelque chose du ciel?

Pourquoi de ces sommets voulez-vous redescendre?

Pourquoi mêler encor l'étincelle à la cendre?

Être le papillon aux changeantes couleurs?

Ah! plutôt imitez l'abeille sur les fleurs!

Formez le miel extrait des plus pures corolles.

Vivez du pain sacré des saintes paraboles,
Soyez le passereau, le lis aimé des champs,
Tout ce qui prête aux jours des emblèmes touchants.
Plus les pieds ont foulé de ces feuilles fanées,
Plus le front se dépouille au souffle des années,
Plus on compte d'amis dans la nuit du tombeau,
Plus le passé s'éteint, plus l'avenir est beau !
Qu'est ce rayonnement d'une beauté fragile
Devant l'éternité, ce soleil immobile?
Et, quand le cœur répond, sourd écho de grandeur,
A la voix qui mesure au ciel sa profondeur;
Quand le soupir plus pur en un rayon se change
Et fait l'âme monter avec des ailes d'ange,
Que cherchez-vous ici, femmes de peu de foi?
Le bonheur?... c'est l'amour, Seigneur, qui vient de toi !

LE SÉRIEUX

LE SÉRIEUX

—

Qui donc peut être heureux dans ce monde de fous,
Où le soleil n'a pas assez d'éclat pour tous,
Où les hommes, épris de vaines destinées,
Effacent sur leurs fronts la trace des années,
Forment mille desseins, poursuivent mille buts,
Ne recueillent des jours qu'inutiles tributs,
Et, n'ayant dans le cœur que basse convoitise,
Appellent mal le bien, la vérité sottise?

Qui donc peut être heureux au contact incessant
De ce mensonge triste et toujours renaissant?

Qu'un cœur vrai soit touché de la misère humaine,
Misère de l'esprit, misère souveraine,
Plus cruelle cent fois que les autres douleurs,
Car quelle onde a sa lèvre et quel baume ont ses pleurs?
Qu'un cœur ainsi touché de cette solitude
Frémisse moins d'horreur que de sollicitude;
Qu'il jette un cri d'alarme, un de ces cris d'effroi
Qui sur l'abîme ouvert suspend l'âme sans foi,
Un sourire de glace accueillera sa flamme.
On palpe la poitrine, on n'y sent plus une âme;
On voudrait un regard, une colère, un coup,
Non, c'est le dédain seul, impassible, debout.
Comme le flot efface une écume à son onde,
Le vent disperse au loin la parole inféconde;
Le gros rire alentour éteint l'élan pieux,
Et c'est être insensé que d'être sérieux.

Le sérieux ici, c'est la Bourse et l'escompte,
C'est l'esprit positif qui ne sent pas, qui compte;
C'est celui qui mesure à son ambition

Sa croyance, son temps, son cœur, sa passion.
Le sérieux encor, c'est la pièce nouvelle,
C'est le bal travesti chez madame une telle,
Le discours habillé de l'académicien,
Dont la palme nourrit quinze jours d'entretien.
Le sérieux? Allez consulter la modiste,
Ou de nos gentlemen suivez un jour la piste,
Vous verrez du progrès ce terme original :
L'homme perdre en valeur ce que gagne un cheval.
Et, s'il fallait toucher à toute fantaisie,
D'un plus aigre sifflet armer la poésie,
Attaquer mille goûts, bagatelles sans nom
Qui sont et savoir-vivre et suprême bon ton,
Le sérieux alors changerait de nature ;
La beauté pourrait bien être caricature,
Car souvent, quand se farde un laid visage au soir,
On n'a qu'à lui montrer le matin son miroir.
Mais l'âme n'est pas moins chaque jour offensée;
La dignité qui donne une aile à sa pensée
Est sotte duperie... Intérêt, vanité,
Méritent seuls les noms d'honneur, d'habileté.
Le dévouement, la foi, le caractère antique,
Sont valeur non cotée et sentiment gothique.

Mais à quoi bon blesser le malade en son lit,
Remuer chaque plaie où la douleur se lit,
Écouter si le sang court encor dans sa veine,
Et déjà respirer du moribond l'haleine?
Non, ces hommes entre eux, oublieux de leur fin,
N'ont pas tous à leurs pieds foulé leur grand destin
Cette agitation de vie et de matière
Laisse arriver aux fronts parfois quelque lumière.
Éclairs de conscience ou lueurs de la mort,
Toujours quelques reflets illuminent leur sort.
Le silence a des voix et l'ombre a des étoiles,
Leur esquif sent le vent prêt à gonfler les voiles.
Heureux qui peut saisir à temps le gouvernail!
Souvent l'homme ici-bas, en luttes, en travail,
Voit le phare et le perd au sein de la tempête;
Mais, fort de ce rayon, il relève la tête;
Et, quand le dernier flot se dresse en son courroux,
Tout est sauvé pour lui s'il tombe à deux genoux!

LA BOURSE

—

A M. PONSARD

LA BOURSE

Il fallait bien enfin, quand l'ignoble s'admire.
Que l'honnête à son tour s'armât de la satire,
Et qu'un front sût braver le pouvoir outrageant
De ce maître honteux qui s'appelle l'argent.
Il fallait bien qu'on sût si la valeur d'un homme,
A le bien prendre, pèse un peu moins qu'une somme;
Si le report, la prime, étrange autorité!
Remplacent dans le cœur toute autre dignité.

Le peuple qui n'aurait que ce dieu pour ressource,
Ce dieu sourd dont le temple et le ciel est la Bourse,
Ce peuple, qui se pose avec un air vainqueur,
Aurait de l'ombre au front et de la boue au cœur.
Mais où porter le coup? qui frapper d'anathème,
Quand le culte de l'or est en tous lieux le même?
Certes, les vils trafics, les insolents bonheurs
Qui font d'un coup de bourse un flot de grands seigneurs,
Impriment le cachet de leur cupide image
Sur la plèbe d'esprits qui leur rend son hommage!
Mais le cancer s'étend sur le pays entier;
Il gagne du salon la loge du portier.
L'homme, au fond dévoré de ce mal d'avarice,
Change de rang, d'état, jamais, hélas! de vice:
Partout c'est même soif d'affaires et de gain.
Avez-vous pénétré dans cet enfer humain,
La Bourse, ce palais, ou mieux cette caverne,
Où, telle qu'un brigand, la fortune décerne
La dépouille tachée et de pleurs et de sang?
Avez-vous contemplé ces hommes sur un rang,
Les bras en mouvement, l'œil en feu, le front chauve,
Tandis que hurle autour, comme une bête fauve,
Comme l'hydre de l'or, de la cupidité,

Cette foule qu'enivre une âpre volupté?
Avez-vous vu l'envie et la crainte et la joie
De mille cœurs ouverts ne faire qu'une proie?
Et, quand de ce volcan qui vomit dans les airs
Le bonheur en fumée et l'espoir en éclairs
Il ne reste que cendre et qu'impure scorie,
Que repousse et maudit l'avarice en furie,
Quelle main comptera les cœurs qu'il a flétris;
Ce qu'il a dans une heure entassé de débris :
Des pères ruinés, une épouse perdue,
L'antique honneur croulant de chute inattendue,
La famille troublée, et souvent, sur le seuil,
L'ami désespéré ne trouvant qu'un cercueil?

Dieu nous garde pourtant de charger cette page!
C'est l'abus qu'on flétrit et ce n'est pas l'usage :
La fortune, tribut du travail ou du sort,
Peut ennoblir la vie et consoler la mort.
L'art, animant le marbre ou brillant sur la scène,
Trouve un nouvel éclat dans l'amour d'un Mécène.
Le commerce, lançant ses vaisseaux sur les mers,
Ne fait qu'un seul pays de l'immense univers;
Quel que soit le labeur auquel l'âme est unie,

Une couronne d'or sied toujours au génie.

L'esprit, dans la matière, impatient captif,

Fermente incessamment comme un levain actif :

L'industrie et les arts sont ses rayons de flamme ;

Partout où l'homme atteint, on sent palpiter l'âme,

Et la Bourse elle-même, avec ses passions,

Est un puissant lien entre les nations.

Mais que le lucre soit le grand, le seul mobile !

Qu'auprès de lui tout but soit niais et stérile !

Qu'il soit dit de l'argent : « C'est là le maître, honneur ! »

Voilà ce qui révolte et fait bondir le cœur.

Quel marchand, n'estimant que tout ce qui se paie,

A fait ici de l'âme une impure monnaie ?

Par quel lâche abandon de nos plus hauts desseins

Laissons-nous étouffer le respect dans nos seins ?

Quoi ! le fat sera grand si par l'agiotage

Il étale son faste à table, en équipage !

Dans ce monde à l'encan, l'honnête homme étonné

Le cède à Turcaret, qui passe avec Phryné !

Le plus fier est celui qui porte dans sa hotte

Le plus de ces chiffons que l'on nomme bank-note !

L'argent, l'éclat, le bruit, le luxe et l'impudeur,

Voilà ce qui partout a détrôné l'honneur !

Mais vous, les poursuivants de science et de gloire,
Est-ce l'or qui fera vos noms grands dans l'histoire?
Vous, artistes, épris de suprême beauté,
Qui portez sur le front votre immortalité,
Est-ce au métal impur à régner sur votre âme?
Vous, guerriers, dont le cœur a l'élan de la flamme,
Est-ce là le drapeau qui ravit vos regards?
Les lauriers croissent-ils à l'ombre des bazars?
Quel esprit, dépouillant ses rayons de lumière,
Veut être la vapeur agitant la matière?
Quel amour, étouffant ses inspirations,
Se fera le commis des spéculations?
Il faut qu'un chaste élan se mesure et s'escompte!
Que le mépris de l'or passe pour une honte!
Que toute émotion, tout désir, tout projet,
Ait son *Doit et Avoir* au cadre d'un budget!
Alors du vil tyran allez former l'escorte,
Car il lui faut des cœurs pétris de cette sorte.
Son triomphe est dans l'homme énervé par les sens,
Le caractère atteint, les désirs impuissants,
Le feu sacré souillé dans la lie et la cendre,
Qui voit l'âme au rabais et qui la laisse vendre.
Il fallait à la fin le cri séditieux.

La colère animant un bras victorieux.
Ponsard, ta voix, trempée au plus pur de ton âme,
A de l'accent du vrai stigmatisé l'infâme.
Courage! suis toujours, d'un fer plus acéré,
Ce généreux combat par l'honneur inspiré!
Arme-toi, si tu veux, du fouet de l'Évangile.
Pèse devant la mort de l'or et de l'argile;
Des tables de la loi fais briller le trésor,
Et le siècle indigné brisera le veau d'or.

DEMANDE ET RÉPONSE

DEMANDE ET RÉPONSE

Pourquoi s'armer toujours de parole acérée,
Ne contempler Paris qu'en sa forme altérée?
Ne lui reste-t-il pas, en grandeur, en beauté,
De quoi vous inspirer une moralité?
Voilà ce qu'on me dit; on a raison peut-être;
Je pourrais, en effet, le voir de ma fenêtre,
Chanter l'arc de l'Étoile après le Panthéon,
Le bronze de Juillet ou de Napoléon;
Mais l'inspiration ne me semble pas neuve,
J'aime encor mieux pleurer sur les rives du fleuve;

Mais pleurer de surprise et d'attendrissement,

Voilà ce qui se fait plus difficilement.

On me veut cependant incliner à l'idylle.

Si je marchais un jour sur les pas d'un édile,

Mon cœur, comme un écho frappé de mille voix,

Entre tous ces concerts ne saurait faire un choix.

L'industrie offrirait d'innombrables merveilles;

Elle a de ces beautés à nulle autre pareilles.

L'airain, le marbre, l'or, métal ou minéral,

N'attendent pour briller à mes yeux qu'un signal.

Et si, de ces hauteurs abandonnant les cimes,

On en vient pas à pas jusqu'aux scènes intimes

De dévouement, de foi, d'amour et de pitié,

L'esprit reste ravi, le cœur édifié.

C'est ce côté surtout qu'il faut mettre en lumière;

Il faut encourager le bien dans sa carrière,

Le flatter, sans avoir toujours la verge en main,

Et, par humanité, n'être pas inhumain.

Ce langage est tenu par une âme sensible;

A sa douceur mon cœur n'est point inaccessible :

Si du Paris léger je suis un peu censeur,

Du Paris grand et beau je suis le défenseur.

Mais le grand, mais le beau rayonnent de leur gloire;

L'âme laisse un bienfait buriner son histoire;

Le bien, ce qui s'appelle à bon droit la vertu,

Trouve en elle son prix quand elle a combattu.

Mais l'exemple?... Il est fort surtout quand rien n'altère

Ce parfum dont le ciel a pénétré la terre.

La vertu, je l'avoue à ma confusion,

Se montrant, prend un air qui fait compassion;

Laissons-la dans son ombre en sa joie ou ses larmes,

Telle que Dieu la veut pour jouir de ses charmes,

Et, si nous la trouvons quelquefois en chemin,

Passons avec respect en lui baisant la main.

Oui, le siècle a besoin d'exemple et de parole;

Mais, pour payer sa dette il faut plus qu'une obole;

Pèsera-t-il un jour quelques humbles vertus

Qu'on lui jette à la face et dont il ne veut plus,

Ce siècle impatient d'orgueil et de génie,

Qui voudrait se cacher sa douleur infinie,

Qui, fort de sa raison, l'arme comme un soldat,

Et prend son doute altier pour drapeau de combat;

Ce siècle d'examen qui souffle les tempêtes,

Qui soulève les cœurs et fait ployer les têtes,

Qui, ne sachant encore où dresser son autel,

D'un sarcasme flétrit son destin immortel?

8

Et, quand sa lèvre insulte et que sa dent déchire,

Vous voulez que mon cœur, au lieu de plaindre, admire,

Que ma discrète main jette, en flatteur banal,

Un voile de vertu sur l'abîme du mal?

Mais l'arche où la famille a trouvé le refuge

Montre plus sombre encor la grandeur du déluge;

Ce siècle, hélas! n'a pas entrevu le ramier

Qui doit lui rapporter la branche d'olivier.

La nuit s'est épaissie, et son front, sans étoile,

Laisse à peine passer un éclair dans son voile;

C'est ce rapide éclair où Dieu se laisse voir

Qu'il faut, me dites-vous, fixer comme un espoir.

Ah! sans doute la foi garde le feu céleste;

Sur le monde déchu le grand archange reste,

Mais sa main tient le glaive et non la harpe d'or;

La lutte avec Satan demeure vive encor :

C'est le vaincu qu'aigrit la honte et la blessure,

Qui ne peut plus frapper, mais que venge l'injure.

Et pourtant, doux présage et symptômes heureux!

La mort a fait des saints, la gloire a fait des preux.

Le dévouement, l'amour, le respect, le courage,

Ont semé les sillons fécondés par l'orage;

L'immense basilique où Dieu donne ses lois
De mille cœurs bénis ne fait plus qu'une voix.
Le pauvre nu n'est pas refoulé dans la boue;
L'orpheline a gardé la pudeur sur sa joue;
L'ouvrier, que l'épreuve abattait à demi,
Se relève en trouvant sur sa route un ami;
Partout la charité s'offre et se multiplie,
Pure liqueur qui monte au-dessus de la lie.
Oh! que le siècle boive au breuvage enchanté,
Et son âme qui meurt vivra de vérité.
Et c'est à toi, Paris, puissant sur la matière,
C'est à toi que toujours s'adresse ma prière;
Il faut à ta statue, où l'art est souverain,
Et le socle de marbre et le dôme d'airain;
Ce socle, c'est la foi; la charité, ce dôme...
Ce qui brille à côté passe comme un fantôme.
Qu'importe au front mourant un éclair mensonger?
Qu'importe un beau rivage à l'esquif en danger?
La divine espérance, à la terre asservie,
Ne se nourrit pas bien du pain de cette vie;
Il faut à son exil, comme aux jours d'Israël,
Une manne que Dieu laisse tomber du ciel!

SCRUPULE

SCRUPULE

C'est mal récompenser ton hospitalité,
Paris, que d'attaquer ta grâce et ta gaieté;
Salons aux doux propos, femmes au doux sourire,
Si le charme est en vous, pourquoi donc en médire?
C'est être esprit chagrin que de voir chaque jour
L'ombre au lieu de rayons, la haine au lieu d'amour.
Pourquoi ne pas goûter la surface des choses,
Savourer les effets sans remonter aux causes?

SCRUPULE.

Quand une fleur étale au soleil son trésor,
Pourquoi chercher le ver dans sa corolle d'or?
Oui, le soleil est beau, la fleur est parfumée,
Sur le beau lac d'azur la brise est embaumée;
Mais le soleil s'incline et la fleur se flétrit,
Le lac a son orage où le ciel s'assombrit...
Malheur à qui n'a pas une lumière vive!
Malheur à qui n'a pas entendu le qui-vive!
Le doux mancenillier vous invite au sommeil,
Mais ce repos trompeur est, hélas! sans réveil.

A M. DE LAMARTINE

APRÈS LA LECTURE

DE LA PREMIÈRE LIVRAISON DE SON *COURS DE LITTÉRATURE*

A M. DE LAMARTINE

———

Deux fois déjà mes vers t'ont cherché, Lamartine;
Ils saluaient, un jour, tes pas en Palestine;
Ils gémissaient plus tard d'angoisse et de regret.
A ces deux cris du cœur, ton cœur resta muet.
La vie ardente en toi t'emportait dans ses vagues,
Et ces accents lointains mouraient dans les bruits vagues.
Aujourd'hui, retrouvant, après l'oubli des jours,
Mon cœur silencieux, mais qui veille toujours.

Ma main le sent plus vif et mon œil l'interroge.
Que va-t-il exprimer, le reproche ou l'éloge?
Ah! c'est un chant ému, c'est un écho plaintif
Que ta voix a rendu tristement attentif;
Ta voix dans cette page où des larmes amères
Dénoncent au néant ces rêves, ces chimères,
Ces bruits que l'homme un jour appelle gloire, honneur.
Ce mensonge qui prend le masque du bonheur.
Oh! dans quelle amertume immense, solitaire,
Ton cœur semble adresser ses adieux à la terre!
Après avoir semé de désirs tes chemins.
Après avoir pesé leur poussière en tes mains,
Après avoir compté les hommes et les choses,
Et senti sur ton front les épines, les roses.
Les épines... et près de tes lèvres sans voix,
Ce calice de fiel qui fait mourir deux fois;
Après avoir goûté, dans l'élan de jeunesse,
Des jours épanouis de soleil et d'ivresse,
Et, dans un âge mûr, de ton pays épris.
Après avoir changé ton amour en mépris;
Après avoir été l'idole de la foule.
Idole qu'elle abat et qu'aux pieds elle foule,
Ton nom, comme une épave au flot du temps jeté.

Touche bientôt le bord de ton éternité.

Et déjà ton regard plonge dans ces ténèbres,

Ton âme exhale au loin des plaintes plus funèbres:

Un sombre désespoir en aggrave le ton,

Ton œil a contemplé le poignard de Caton;

Mais un frisson d'honneur, s'éveillant dans ton âme,

T'a fait rejeter loin cette pensée infâme,

Ce souffle intérieur, que tu ne connais pas,

Devant le suicide a retenu tes pas.

Non, tu ne connais pas ton âme si splendide;

Si ton corps se flétrit, si ton beau front se ride,

Si tes sens affaiblis te laissent plus glacé,

L'avenir est pour toi plus grand que ton passé.

Ton passé?... tu l'as peint d'une page éloquente;

Est-il dans ce tableau quelque chose qui tente?

Ta gloire, ton amour, ta poésie en pleurs?

Le soleil qui s'éteint promet des jours meilleurs !

Si la tête pensive est déjà dépouillée,

Si parfois la paupière est de larmes mouillée,

Si la moitié de nous nous devance en la mort,

Poussé par la tempête on est plus près du port.

L'homme est un dieu tombé... que chercher dans la boue?

Qu'est ce rayon menteur où le matin il joue,

Et qui le soir le laisse en son obscurité?

Non, non, ce n'est pas là cette félicité

Dont l'âme endure ici la soif inassouvie;

Il lui faut plus d'espace et d'amour et de vie.

Lamartine, tu lis, tu gardes dans la main

Cette Imitation, ce livre surhumain,

Cette source d'où coule en flot limpide et tendre

Une grâce divine où l'âme sait entendre

Des voix d'un autre monde illuminé d'espoir,

Et, sombre, inconsolé, tu retournes t'asseoir.

Ame belle, car Dieu fit belle la tristesse,

Ne comprendras-tu pas la douleur qui t'oppresse,

Ce vide dans ton sein, cet incurable ennui

Auquel Dieu livre un cœur égaré loin de lui?

Dieu pourtant, qui l'entoure et d'amour et de crainte,

Mais de sa liberté lui fait une arche sainte,

Qu'il voudrait dans son temple un soir, seul, à genoux,

Et qu'il enrichirait de ses trésors si doux.

Oh! nous avons senti ce baume à la blessure!

Lamartine, mon frère, oh! crois-moi, je le jure,

Le désespoir n'est pas où le Christ met son cœur!

Apprends donc à sentir le nom vrai de Sauveur!

C'est pour les cœurs brisés qu'il a fait le Calvaire!

Ne garde plus ainsi ton âme solitaire,
Ne vis plus de ta vie exilée en toi seul,
Tu n'y rencontrerais que le froid du linceul !
Sors, pour être un apôtre, un instrument docile,
Sois le disciple et non le dieu de l'Évangile;
N'usurpe nulle place et redeviens enfant.
Ton âme aime à revivre à ce souffle innocent;
Tu parles de candeur, de chevelure blonde,
N'est-il plus à ta voix quelque ange qui réponde?
Quelque cher souvenir vivant et pur flambeau !

Si j'osais entr'ouvrir avec toi le tombeau,
Ton œil mal affermi se troublerait peut-être.
Ta mère et ton enfant, viens donc les reconnaître!
Lamartine ! ce cri, c'est mon dernier pour toi :
Grandi par la douleur, sois plus grand par la foi !

HEURES SOMBRES

HEURES SOMBRES

—

I

Le front n'a pas toujours son rayon d'allégresse;
Le cœur a ses combats, l'exil a sa détresse;
C'est surtout de ton sein, Paris, grand séducteur,
Que sort plus irrité cet accent de malheur !
Malheur à toutes fleurs hâtivement écloses !
Malheur au nouveau-né dans son berceau de roses !
Le sourire à sa lèvre aura bientôt cessé,
Car l'innocence, hélas! l'aura bientôt lassé.

Malheur au jeune esprit orgueilleux de sa force !

Malheur à la beauté dont l'amour est l'amorce !

Malheur à toute vie à l'orbe étincelant !

Malheur à qui n'a pas senti son cœur sanglant !

Car l'âme tout entière, en sa joie éperdue,

Sent plus mortelle encor la foudre inattendue.

Qui donc d'un vain plaisir est longtemps enchanté ?

L'homme dans la douleur toujours est enfanté,

Douleur dont une main a mesuré l'abîme,

Qui condamne aux tourments la vertu comme un crime,

Et qui laisse le cœur, agité de transports,

Triste au sein de sa joie et pauvre en ses trésors.

Oh ! c'est que l'âme ici n'a pas trouvé sa vie ;

Du spectre du passé sans cesse poursuivie,

Les faveurs d'ici-bas ne soldent pas ses jours !

Son espérance atteint aux éternels amours !

Ah ! si ce nom divin, que l'homme ici ne touche

Qu'avec un saint respect, était seul en sa bouche !

Si le cœur courageux dans ses ardents combats,

O Christ ! se résignait à mourir dans tes bras !

Ou bien plutôt à vivre à ton sombre Calvaire,

Cloué tout palpitant sur ta croix funéraire !

Si, souffrant jusqu'au bout ce supplice innommé,

L'âme avec toi disait : Christ ! tout est consommé !

Qu'importeraient alors tous les coups de tonnerre,

Le rocher qui se fend, les morts sortant de terre,

Les ténèbres, le fiel, le coup de lance au cœur ?

Heureux, heureux le mort qui meurt dans le Seigneur !

Et, du fond du tombeau, l'âme ressuscitée

Glorifierait la loi qu'elle avait rejetée,

Loi d'amour d'où découle en purs ruisseaux de paix

Cette onde de la grâce où l'on puise à jamais...

Saint espoir, vrai repos, pensée aimable et pure,

N'es-tu qu'un vain rayon dans une nuit obscure ?

La goutte d'eau trompeuse à la lèvre de feu,

Ou bien l'ardent buisson renferme-t-il un Dieu ?

Celui qui créa tout, qui pesa notre argile,

Qui fait le bien cruel et rend le mal utile,

A-t-il, à chaque épreuve où se débat le cœur,

Attaché la rançon de son lointain bonheur ?

Comme l'oiseau qui chante et la fleur qui parfume,

Comme à l'autel d'airain l'holocauste qui fume,

Comme dans l'Océan le murmure des flots,

Le sein de l'homme est là pour nourrir les sanglots.

Mais d'un œil immortel toute larme qui tombe

Fait germer un espoir sur le bord de la tombe ;

9

Toute passion morte en ses puissantes mains,
Tout désir étouffé dans ses élans soudains,
Ambition, vengeance, amour jusqu'au délire,
Tout nourrit un devoir grandi jusqu'au martyre,
Et la palme déjà resplendit sur le front.
Seigneur, douter un jour est un indigne affront.
Oui, vous êtes caché dans le trait qui nous blesse;
Une main nous déchire, une autre nous caresse;
La blessure a toujours le bon Samaritain,
Madeleine toujours a sa place au festin;
Elle est là toute en pleurs, les cheveux en désordre,
Mais à vos pieds, Seigneur, admise par votre ordre.
Tout ce qui du Calvaire a ressenti les coups
Renaît sur le Thabor, et le Thabor, c'est vous!

II

Qui ne l'a dit : « La vie est un amer mensonge. »
Elle semble parfois s'envoler comme un songe,
Ou marcher comme un siècle avec son pas glacé.
Ce qu'on croit l'avenir est déjà le passé.
Rêve, innocence, amour, ces trésors du jeune âge,

Laissent aux flots du temps des débris du naufrage;
Le vide qui se fait immense autour du cœur
Comme une sombre nuit l'enveloppe d'horreur.
Le silence grandit avec la solitude;
L'esprit, las d'explorer, tombe de lassitude;
Et chaque cheveu blanc qui paraît sur le front
Du tissu de nos jours semble un fil qui se rompt.
Comme au temple désert, où la lampe est sans flamme,
Dans ce corps en ruine on ne sent plus une âme;
Comme la mer qui monte au-dessus du récif,
Le temps semble engloutir son immortel captif,
Et, si le front encor revient à la lumière,
Il faut voir son palais tomber pierre par pierre,
Ses illusions fuir, ses liens se briser,
Ses ardeurs s'affaiblir, ses efforts s'épuiser,
Ses désirs ressembler aux rayons en détresse
Qui s'allongent autant que le soleil s'abaisse,
Dernier jaillissement d'un foyer qui s'éteint....
Et tout serait fini de l'homme en son destin!
Et le baiser cueilli sur le front qui succombe,
Le dernier rendez-vous qu'on se donne à la tombe,
L'aile de la prière entr'ouverte à l'espoir,
Les chants religieux, les parfums d'encensoir.

Le livre qui contient la promesse divine,
Le souvenir sacré qui vit dans la poitrine,
La justice de Dieu qui laisse aller un jour
Par le même chemin et la haine et l'amour;
Tout serait dans la mort un rêve amer, une ombre,
Et, dans l'éternité, l'âme un vaisseau qui sombre !
Quoi ! ce soleil éteint par delà les tombeaux
N'a qu'un rayon glacé pour l'éternel chaos !
Non, tu ne nous as pas donné notre pensée,
Seigneur ! pour la vouloir ténébreuse, oppressée;
Tu n'as pas dans le cœur vivant d'ardent espoir
Ordonné comme un maître au néant de s'asseoir;
Tu n'as pas refoulé dans la honte et fait taire
Les pleurs inconsolés de l'âme solitaire;
Chaque soupir qui vole à ton sein paternel
Est le ramier qui porte un laurier immortel !

A M. ARY SCHEFFER

A M. ARY SCHEFFER

Scheffer, ton atelier aux toiles grandioses
Console le regard, las d'explorer les choses,
De se heurter au faux, au petit, à l'impur.
Ton pinceau dans ta main, instrument toujours sûr,
Révélant ta pensée en mille fantaisies,
Nous la livre en tableaux d'ardentes poésies...
Là c'est Faust, c'est la vie avec la passion;
Marguerite, la mort... mais l'exaltation;
Tes Mignon, mais surtout cette page sublime
Où de l'humanité l'âme a conquis la cime.

Ici des fronts pensifs, des visages d'airain;
Partout cette fierté d'un talent souverain;
Une pose hardie, une chaste attitude;
Du corps, du cœur humain la sérieuse étude;
L'âme qui sent la vie et voudrait la donner,
Qui, loin de l'idéal, ne peut se pardonner.
Que de fois, contemplant tes œuvres avec larmes,
Trouvant sous chaque trait de mystérieux charmes,
N'ai-je pas entendu la plainte de ton cœur
Souffrant comme un vaincu, quoique toujours vainqueur,
Lutte sans nul repos de Jacob avec l'ange
Où la force de l'homme et de Dieu font échange,
Portant de l'infini l'image dans ton sein,
Épiant sa couleur, sa ligne en ton dessin,
Insaisissable objet, rayon inaccessible
Qui passe dans ton âme en éclair invisible;
Sublime désespoir et noble passion
Qui me donne pour toi cette admiration,
Enthousiasme pur et pour l'art et pour l'homme,
Ces deux moitiés d'un tout que le génie on nomme.

Quand je viens quelquefois près de ton chevalet
M'asseoir pour ressentir de ton âme un reflet,

Je goûte, environné de tes magiques pages,

Comme un air plus vivant que l'air de nos rivages;

J'écoute avec respect tes révélations,

Ton espoir et souvent tes désolations.

Mais ton cœur, océan où l'orage vient vite,

Calme par le travail le souffle qui l'agite;

Ton front pâle s'anime et ta lèvre sourit

Quand, d'un regard ému, tu me montres le Christ.

Le Christ, cet idéal, toujours dans ta pensée,

Figure cent fois faite et cent fois effacée,

Ardente vision qui trouble ton regard,

Sous laquelle ta main tremble et trace au hasard,

Verbe dont tu ne peux définir la parole,

Réalité qui fuit dans l'ombre du symbole.

Grand artiste vivant de l'inspiration,

Dis-moi, ton cœur a-t-il compris sa passion?

Ton front a-t-il porté sa couronne d'épine?

As-tu reçu son corps en frappant ta poitrine?

Et ton âme, embrassant ce douloureux fardeau,

A-t-elle avec ses pleurs embaumé son tombeau?

Tu peins aux pieds du Christ son disciple fidèle,

Et sa mère... Oh! tes pleurs coulent sur ce modèle;

Je vois encor ce marbre où d'un suprême effort

L'amour a fait ton cœur plus puissant que la mort,
Où ta main filiale, exaltant les tristesses,
Fait redire au tombeau d'immortelles tendresses.
Ton génie, attentif à la divine loi,
S'élève et s'illumine aux splendeurs de la foi.
Oui, Scheffer, vers le ciel ta grande âme s'envole,
Car tout chef-d'œuvre d'art commence l'auréole.

Te souvient-il du jour où, dans ton atelier,
Laissant nos voix s'entendre et nos cœurs se lier,
Je te lus quelques traits d'intime poésie,
Et toi, tu me donnas une toile choisie,
Gravant en souvenir pour moi si précieux
Ce moment qui jaillit en éclair dans nos yeux?
C'était de Rimini la Françoise si belle,
Et Paolo qui fuit dans la nuit avec elle,
Ces deux cœurs foudroyés du même désespoir;
Mais mon regard bientôt se troubla de les voir;
Il vint se reposer sur cette scène unique,
Ces deux âmes en une : Augustin et Monique,
Extase de l'amour saint et victorieux,
Et je fis mon trésor de ce reflet des cieux.

A M. BRIZEUX

A M. BRIZEUX

I

Brizeux, hier au soir, un poëte breton,
En parlant du pays, me redisait ton nom,
Ton nom que la fraîcheur ou la force accompagne
Quand il s'agit d'aimer, de peindre la Bretagne;
Ton nom que la bruyère et les genêts fleuris
Suivent de leurs parfums jusqu'au sein de Paris,
Car Paris est peut-être aujourd'hui ta patrie!
Ce n'est qu'en souvenir que tu revois Marie?

10

Tes blanches visions, tes tableaux du terroir,
Et l'if du cimetière et le champ de blé noir,
Ces mots celtiques, durs, mais chers à nos usages,
Dont tes vers ont gardé le sens et les images,
Peut-être ne sont plus que de vaines couleurs?
Ta lèvre est sans sourire et tes yeux sont sans pleurs?
Je ne sais, car je suis encore à te connaître.
Depuis bientôt douze ans, obéissant au maître,
A Dieu, de qui l'appel veut la fidélité,
Je repoussai la muse et pris la charité.
Je devins l'ennemi du landier poétique,
Je déchirai son sein, fouillai son sol antique;
Mes troupes d'orphelins, chers et nouveaux concerts,
Donnèrent comme Orphée une voix aux déserts.
Tu ne m'en voudras pas si leur bande accourue
Au signal du travail, a saisi la charrue,
Attaqué le sillon, et de son bras vainqueur
Fait refleurir d'un coup le sol avec le cœur?
Mais aujourd'hui mon œuvre est complète et bénie,
Et, libre, je reprends mon ancienne harmonie,
Je retrouve en mon cœur un trésor amassé,
Car l'amour et la foi m'ont gardé mon passé.
La poésie un jour, d'un saint zèle embrasée,

Changea tous ses rayons en perles de rosée,
Recueillit dans son sein bien des pleurs désolés,
Urne de ces parfums vers le ciel envolés...
Tant d'âmes n'aiment pas! tant d'esprits ont le doute!
Tant de pèlerins las expirent sur la route!
Tant d'espérance morte! et tant de vive erreur!
Et n'avoir qu'une voix! et n'être, hélas! qu'un cœur!
Brizeux, as-tu senti ce mal qui décourage?
As-tu, comme Virgile, en quittant ton ombrage,
Laissant là tes guérets, ton hêtre et tes troupeaux,
En trompette héroïque échangé tes pipeaux?
Ma voix, écho lointain de mon âpre rivage,
A comme lui peut-être un accent trop sauvage!
La tienne est cultivée, et l'abeille et la fleur
Lui prêtent tour à tour leur miel et leur couleur;
Tes chants sont applaudis, ta carrière est ouverte;
Laisse de Velléda tomber la palme verte,
Ou, si du sol natal, toujours aussi jaloux,
Tu ne vois nul concert égaler nos *binious;*
Si le pommier neigeux, la mousse au toit des fermes,
Nos luttes, nos *pardons,* nos danses aux pas fermes,
Du barde dans ta voix font revivre le ton,
Viens secouer Paris de la main d'un Breton.

10

Traverse le salon, visite la mansarde,
Sans craindre que ta gloire à périr se hasarde.
La gloire... as-tu gardé ce rêve si longtemps?
Peux-tu t'éprendre encor de ce hochet d'enfants?
Oh! que la vérité donne au cœur plus de joie!
Saisis, si tu le veux, pour en faire ta proie,
Arts, richesses, honneurs, plaisirs et passions;
Trempe ta verve au feu des révolutions;
Vois le bal, le théâtre et les académies,
De tous ces bruits changeants fais-toi des voix amies,
Pourvu que, condensant leurs échos dans ton sein,
Ton cœur, les épurant pour un noble dessein,
Nous jette avec sa voix ou redoutable ou tendre
Ces chants mystérieux que l'âme sait entendre;
Que l'on sente éclater, dans ton accent de feu,
L'amour de ton pays et la foi de ton Dieu!

II

Ces vers étaient écrits, je les lisais un soir
Chez Alfred de Vigny, lorsque tu vins le voir.
Cet esprit vigoureux sous sa forme si pure

Me fit recommencer devant toi ma lecture;
Il souriait d'un pli de lèvre doux et fin,
Comme pour épier ta joie ou ton chagrin.
Et toi, surpris d'abord, puis confiant et tendre,
Tu me dis simplement de vouloir mieux t'entendre,
De ne pas faire suivre en la file à son rang
Comme un cheval de fiacre un Bas-Breton pur sang;
Et je compris ton cœur dans sa fière attitude.
Aujourd'hui de tes vers j'ai pu faire une étude :
Sur les rochers des mers, dans les champs pleins de fleurs,
J'ai suivi tes marins, aimé tes moissonneurs;
J'ai vu les *filles d'Arz, filles aux coiffes blanches,*
Qui viennent près des flots les beaux soirs de dimanches,
Et je ne te dis plus de chanter à Paris.
Non, reste le dernier des bardes du pays!
Que ta voix, s'embaumant de l'air de la montagne,
Garde dans sa verdeur l'aspect de ta Bretagne;
Et le missionnaire, appareillant au port,
Mêlera sa prière à ton pieux transport!

Saint-Ilan, 1er août 1856.

RÉPONSE

A DES VERS ADRESSÉS A L'AUTEUR PAR ULRIC GUTTINGUER

RÉPONSE

A DES VERS ADRESSÉS A L'AUTEUR PAR ULRIC GUTTINGUER

———

Hélas! le savez-vous ce qui pleure en votre âme,
Ce qui jette à vos yeux comme un voile jaloux,
Ce qui mêle toujours une écume à la lame,
Et laisse votre amour stérilisé dans vous?
Savez-vous d'où vous vient cette voix gémissante,
Cette corde où les chants se changent en soupir,
Cette main qui se sent à toute œuvre impuissante,
Et ce cœur immortel où s'éteint tout désir?

Savez-vous d'où vous vient ce mot qui désespère?

Ami, si mon regard osait plonger encor...

Si ma voix ne craignait de vous paraître amère,

Je dirais : « O chrétien! où donc est ton trésor?

« Qu'as-tu fait de tes jours? qu'attends-tu de la vie?

« Où gît ton espérance? où s'émeut ton amour?

« De quel rêve ton âme est-elle poursuivie?

« Quelle nuit a semé son ombre dans ton jour? »

Je dirais ce qu'hélas! je me dis à moi-même

Quand je sens de mon cœur les ténébreux élans,

Et que, près d'oublier le sceau de son baptême,

Mon front troublé se penche aux sombres océans.

Mais un cri de douleur appelle un cri de gloire,

Un mot de l'âme éveille un écho d'infini,

Le Christ paraît soudain et me rend la mémoire,

Et l'espoir du bonheur revient comme un banni.

Et la nature alors, comme un écho fidèle,

Dans ses flots, ses rochers, ses nuages, ses bois,

Du cœur qui dans la foi, Seigneur, se renouvelle,

Recueille les transports et disperse les voix.

Tout devient une joie, un éclat, un cantique;

Mais ce mot vous arrête... et votre cœur dit non!

Et peut-être déjà votre œil mélancolique

Accuse du passé l'inutile leçon.

Vous rappelez les soirs de *ce lieu solitaire*

Où l'on aime à donner *une fleur à la terre,*

Un baiser à son fils, un denier à Jésus,

Et ces biens si sentis, vous ne les sentez plus.

Où donc aller chercher ce ver qui les dévore,

Ce souffle intérieur qui ronge et décolore,

Ce serpent qui toujours *se cache en ses déserts,*

Ce banc de vase immonde au bord des blanches mers?

Où donc? Si j'osais dire une rude parole,

Si je touchais du doigt ce mal qui vous désole,

Si je frappais le cœur d'un bras plus irrité...

Je dirais : « Dans ton sein se meurt la volonté!

« Homme, tu ne veux pas, tu fléchis, tu t'inclines;

« Le moindre vent des mers ébranle tes racines;

« Tes rameaux, éclairés des purs rayons des cieux,

« Laissent ramper au tronc un reptile envieux! »

Un désir, un soupçon, un mot, une injustice,

C'est assez pour jeter l'âme dans le supplice :

L'âme où vous n'êtes plus, Seigneur, qu'en souvenir,

Ou dans le pâle espoir d'un lointain avenir.

Mais le cœur tout entier qui vit de ce qu'il aime,

Qui fait de votre loi sa volupté suprême,

Qui nuit et jour vous cherche et se nourrit de vous,
De tout autre bonheur peut-il être jaloux?
De quel espoir trompé peut-il se plaindre encore?
Est-il un vrai malheur au cœur qui vous adore?
N'êtes-vous pas l'ami qui nous suit au tombeau,
La main sûre qui tient devant nous le flambeau,
Le verbe qui se donne à notre intelligence,
L'amour pur dont l'ardeur s'unit à l'espérance,
Le Dieu qui nous aima de toute éternité,
Le soleil de notre âme et sa félicité?

RÉPLIQUE

A MONSIEUR ACHILLE DU CLÉSIEUX

RÉPLIQUE

A MONSIEUR ACHILLE DU CLÉSIEUX

Tu te trompes aussi, chrétien; oh! j'en atteste
Tout ce qui reste en moi de la manne céleste!
Je garde dans mon cœur la sainte volonté,
Mais des choses pourtant je vois la vérité!
Dans toutes ses horreurs j'aperçois la nature,
Je contemple et gémis, rarement je murmure;
Je me courbe en pleurant devant l'arrêt du sort,
Croyant que le secret de tout est dans la mort;
Je me résigne, mais la vérité m'oppresse,

Et je ne puis chanter cette immense détresse,
Ce supplice effrayant dressé sur l'univers
Qui frappe l'innocent bien plus que le pervers.
« Point d'innocent, dis-tu, dans notre race humaine ! »
Soit, j'accepte le mot et je te crois sans peine;
Mais enfin tout n'est pas coupable sous le ciel,
Et pourquoi donc alors le meurtre universel,
Le sang de nos agneaux, le cri de la colombe,
Et chaque jour pour eux la torture et la tombe?
Le lion a pour lui sa force et le désert,
L'oiseau n'a que sa voix, son suave concert;
C'est l'oiseau qu'on égorge en son lit de verdure
Au moment où sa voix célébrait la nature !
Le cri de son angoisse a monté dans les airs,
Poëte, et vous chantez son bonheur dans vos vers!
Sur nos tristes destins, quelle amère ironie !
Qu'est le monde, sinon une infâme agonie?
Ah! cette loi d'horreur, je peux la supporter,
Mais Dieu n'exige pas que j'aille la vanter;
Il ne se peut qu'ainsi sa puissance me brave,
Et que de son enfant il fasse son esclave,
Adorant son caprice et caressant ses fers,
Disant que tout est bien dans ce triste univers,

Où, sur la vaste mer comme en l'humble demeure,
Les plantes, les oiseaux et l'insecte, tout pleure;
C'est son secret divin, qu'il le garde; mais moi,
Je veux pleurer les jours qui coulent sous sa loi !
Mais ce n'est pas mon sort qui me trouble et me lasse,
Quelque ronce d'en bas où mon pied s'embarrasse,
Quelque lâche amitié qui trahit le malheur;
Non, c'est le mal humain qui dévore mon cœur,
Ce besoin de tromper mis dans toutes les âmes,
Et cette race enfin d'absurdes et d'infâmes;
C'est la boue et le sang sur la terre épandus,
Le vice et les fléaux sur nos fronts suspendus,
Notre chair de limon et qu'on voudrait céleste,
Et toute cette histoire inflexible et funeste !
Oui, ce voile à mes yeux cache les flots, les bois,
Et je n'entends dans l'air que d'implacables voix.
« Mais Jésus, me dis-tu, son verbe, son exemple,
« Voilà ce qui console alors qu'on le contemple,
« Voilà ce qui soutient notre tremblante foi,
« Ce qu'il faut embrasser dans ce monde d'effroi ! »
C'est ma pensée aussi... c'est ce Dieu que j'adore;
Dans mes accablements, c'est Jésus que j'implore.
Ah ! je tordrais mes fers dans ce monde de pleurs

Si je n'avais sur moi les sanglantes sueurs;

Je briserais mon front révolté sur la pierre

S'il ne m'avait appris à dire Notre Père!

Si ce juste a souffert, nous pouvons tous souffrir;

S'il est mort sur la croix, nous y pouvons mourir;

Mais qui justifiera cette horrible justice?

Pourquoi ce sang divin? pourquoi ce sacrifice?

Oh! nous qui pardonnons si vite à nos enfants

Quand ils brisent nos cœurs, faibles et confiants,

Comprendrons-nous, hélas! ces rigueurs excessives,

Et le mystère affreux du jardin des Olives?

Je m'arrête tremblant, et me soumets aussi.

Mais ma volonté seule à cela réussit :

Tu reconnaîtras donc qu'elle n'est pas stérile;

Sans elle je ferais un effort inutile,

Car tout ce que je vois me dirait de haïr,

Et, malgré ma raison, je prétends obéir,

Obéir et prier dans les larmes amères

Qui coulent chaque jour de toutes nos misères.

Tu vois, je suis chrétien plus que toi, dont les yeux

Voient les cieux bienveillants et les oiseaux heureux!

ULRIC GUTTINGUER.

DEUXIÈME RÉPONSE

A M. ULRIC GUTTINGUER.

DEUXIÈME RÉPONSE

A M. ULRIC GUTTINGUER.

———

J'accepte ce défi dans sa sombre énergie;
Ces accents de douleur autant que de génie
Me plaisent aujourd'hui, jour de ciel orageux
Où mon cœur est chrétien et reste douloureux :
Mot lâche... oh! pardonnez, ma foi le désavoue.
Mais une main d'enfer dans mon ciel me secoue,
Et quand, épris d'amour, oubliant mes douleurs,
Je suis tenté parfois d'essuyer tous les pleurs:

Quand je chante et qu'auprès l'oiseau semble m'entendre
Comme pour m'inspirer quelque note plus tendre,
Soudain la main de plomb qui me jeta si bas
Me saisit et me dit : « Tu ne chanteras pas! »
Et mon cœur se révolte, et mon front se redresse,
Et je sens la colère au fond de ma tristesse,
Et je regarde en face, et j'insulte à mon tour
Cet indigne ennemi qui corrompt mon amour...
Et l'accent du damné se trahit dans la lutte,
L'âme est le bien qu'au Christ l'ange tombé dispute,
Le poëte n'est plus... c'est un être immortel
Que Dieu veut vertueux et Satan criminel.
Et la vie est en nous sanglante et combattue;
Tout s'explique d'un mot : Humanité déchue!

14 février 1842.

Je pourrais, aujourd'hui que s'est calmé mon cœur,
Vous jeter quelques mots de plainte et de douleur,
Reconnaître avec vous, dans mes pleurs solitaires,
De l'éternelle loi les effrayants mystères.

Le meurtre universel, il est vrai, les fléaux,
Le bien comme englouti sous l'océan des maux;
Je pourrais évoquer ces fantômes sinistres,
Du ciel ou de l'enfer implacables ministres;
Voir de l'œuvre de Dieu le côté douloureux,
Et jeter l'anathème à ce monde hideux.
Mais pourquoi remuer tant de sang et de fange?
Sur le sol des maudits, s'il est encore un ange,
Un cœur pur et brûlant de nobles passions,
C'est assez pour sauver nos admirations.
Quand l'âme a découvert cette étoile céleste,
Elle peut s'écrier : « Oui, le bonheur nous reste. »
La foi, le saint espoir, le dévouement, l'amour,
Nous gardent un reflet du fortuné séjour.
Mais pourquoi, dites-vous, ce sanglant sacrifice?
Et *qui justifiera cette horrible justice?*
Il te fallait, grand Dieu! la victime pour tous;
Quelle tête eût osé s'offrir à ton courroux?
Plus l'homme méritait de rigueurs excessives,
Plus notre cœur comprend le jardin des Olives.
Quand ton calice, ô Christ! te fit tomber d'effroi,
Tant d'amour pouvait-il vivre en d'autres qu'en toi?
Ta sueur et ton sang, excès de tes souffrances,

N'ont-ils pas dans la mort semé nos espérances?
C'est du sommet sublime où s'azurent les cieux
Que le chrétien ici doit abaisser les yeux.
Et, dans ces régions de bruit et de poussière
Où perce avec effort un rayon de lumière,
Que voit-il? le néant, le Christ, le Créateur,
Ou l'homme qui des jours est le profanateur?
Et le mystère alors tristement se déroule :
Ces révoltes, ces cris, ces horreurs, cette foule,
Le crime triomphant, le juste épouvanté,
C'est le règne de l'homme... avant l'éternité.
L'homme est un roi déchu... la nature souillée
Est de sa gloire aussi comme lui dépouillée,
La colombe se plaint, l'Océan qui mugit
Semble la grande voix de l'univers maudit,
Et ce long désespoir retentit dans les âges,
Et l'âme doit subir de honteux esclavages,
Le front doit s'agiter sous une main de fer,
Et l'œil s'épouvanter à des lueurs d'enfer.
Je poursuis avec vous ces visions funèbres,
Et mon œil éperdu se trouble en ces ténèbres.
Mais soudain dans la nuit il s'élève une voix :
Le Christ comme un soleil reparaît sur la croix;

Tout s'illumine en lui, tout renaît, tout espère,
Et la nature encore a retrouvé son père.
Et je l'aime, ce père... et voilà donc pourquoi
La nature a peut-être une harpe dans moi !
Comme elle j'ai souffert et comme elle je chante;
Car après les douleurs la voix est plus touchante.
Mais, si mon cœur s'éprend d'un bonheur isolé,
N'en accusez que Dieu, qui me l'a révélé;
Si l'oiseau me paraît s'enivrer de lumière,
C'est peut-être un besoin d'épancher ma prière;
Si l'azur est au flot, le parfum à la fleur,
C'est mon âme en encens qui s'élève au Seigneur;
Tout est bien, tout est pur, tout est doux quand on aime,
Et l'amour est pour moi la science suprême !

15 février 1842.

DERNIER MOT

A M. ACHILLE DU CLÉSIEUX

DERNIER MOT

A M ACHILLE DU CLÉSIEUX

—

Je me rends, je me rends; ta voix m'a su confondre;
Peut-être ma raison pourrait encor répondre,
Mon cœur ne le veut plus. Ce combat m'a lassé;
Un rayon de ta foi sur mon front s'est placé;
C'est assez, aimons donc, aimons qui nous châtie;
Rejetons loin de nous toute parole impie;
Quand l'esprit corrupteur nous apportait la mort,
Il commençait aussi par pleurer notre sort;
Il plaignait du Très-Haut la faible créature,
Et, troublant son bonheur par un premier murmure,

Il éveillait en elle, au flambeau d'un faux jour,
Cet esprit d'examen, la mort de tout amour.
Ah! ce ciel qu'à nos yeux cachent d'humides voiles
Contient moins de vapeurs encore que d'étoiles;
En voir une suffit, étoile du berceau,
Astre de Bethléem, éclaire mon tombeau !
Dans ce sombre horizon, ton front pur se dégage;
Je lis à ta clarté derrière le nuage;
Doux et calme, dans moi le silence descend;
Mon esprit est soumis, s'il ne voit, il entend;
S'il ne touche, il devine, il désire, il espère;
Sa plainte tout à coup s'est changée en prière,
Et le démon du blâme en criant s'est enfui.
S'il ose revenir, anathème sur lui !
Une vérité sort du mal qui me tourmente :
C'est qu'en cette recherche où le cœur se lamente,
C'est qu'à voir la nature en ce qu'elle a d'affreux,
Nous devenons méchants ou du moins malheureux.
Pour n'être plus tenté de ce sombre mystère,
Je prétends détacher mes regards de la terre,
Et, si Satan revient y ramener mes yeux,
Je ne répondrai plus... je montrerai les cieux.

ULRIC GUTTINGUER.

LA CROIX

LA CROIX

Comment, en méditant ta flagellation,
Ton sceptre de roseau, ta croix, ta passion,
L'âme dans les tourments, tristement abattue,
Devant les contempteurs, ô Christ! s'est-elle tue?
Comment, en te suivant au milieu des soldats,
Défiguré, couvert de sang et de crachats,
Ne voit-on pas briller l'auréole divine
Sur ton auguste front que l'amour seul incline?

12

Assez, assez longtemps nos yeux toujours en pleurs
Ont vu dans leur pitié le Christ en ses douleurs :
Le voilà sur la croix, immobile, en silence;
Mais plus l'homme s'éteint, plus le Dieu recommence;
Sa vie est pleine alors que se ferment ses yeux;
Sa mort étonne ensemble et la terre et les cieux;
Il se fit annoncer par des voix de prophète,
Il fut de ses destins lui-même l'interprète,
Et, quand pour nous il vit l'abîme refermé,
Il dit : « Viens maintenant, mort, tout est consommé ! »

Et le monde soudain, mû par ses funérailles,
Sent comme une vertu germer dans ses entrailles.
Du Calvaire sanglant bientôt l'infâme croix
S'élance radieuse à la tête des rois.
Les plus fiers empereurs en parent leur couronne;
D'amour et de respect la foule l'environne,
Et, pour semer partout l'espoir victorieux,
Les nobles étendards l'élèvent vers les cieux.

NOTRE-DAME DE PARIS

NOTRE-DAME DE PARIS

Notre-Dame, arche sainte où des eaux du déluge
Tant de cœurs sont venus chercher un sûr refuge;
Vaste nef dont la voûte abrita tant de fois
Des générations de peuples et de rois;
Colonnes de granit, navire aux flancs de pierres
Qui portes des tributs d'encens et de prières;
Immobile rocher dans les vagues des jours,
Qui dresses vers le ciel comme un géant tes tours;

Tu peux avec fierté nous montrer dans la nue

La lumineuse croix que tout siècle salue;

Sanctuaire accueillant, d'amour mystérieux,

Le cœur qui cèle en lui son dessein glorieux,

Le front qui sent passer des éclairs de tempête,

La douleur dont la main fait courber une tête,

L'espoir qui la relève... et le soupir sans fin

Qui de l'âme immortelle est un écho divin.

Oh! qu'il est pénétrant, cet accent de la foule

Qui d'innombrables voix fait une immense houle!

Et, quand tous ces cœurs d'homme agités à la fois

Jurent, ô Christ aimé! d'obéir à tes lois,

Est-il en quelque lieu plus sublime spectacle?

L'esprit a-t-il besoin de preuve et de miracle?

La foi pour tous les yeux, éblouissant flambeau,

Illumine la vie et garde le tombeau.

Oh! laissez se pencher la lèvre solitaire

A cette source d'eau vivante et salutaire;

Quand, secouant du pied la poudre du dehors,

Quand, l'esprit plein d'espoir ou troublé de remords,

On se tient immobile aux dalles du vieux temple,

On gémit, on écoute, on médite, on contemple,

On croit... car, de la vie en soi portant le deuil,

On a trouvé la joie en passant sur ce seuil.

Qu'ont-ils senti, ces cœurs qu'une ardente parole

Arrachant tout à coup à tout objet frivole,

A consolés de pleurs, nourris de vérité,

Et rendus plus pensifs à leur éternité?

Qu'ont-ils senti, ces cœurs, dans les dates funèbres

Où le Calvaire brille au milieu des ténèbres,

Où des prophètes saints la grande et triste voix

Redit comme un sanglot les douleurs de la croix?

Qu'ont-ils donc ressenti, quand dans cette agonie,

Après s'être courbés, de douleur infinie,

Sous la main du pardon qu'une larme mouilla,

Ces cœurs se sont levés, chantant l'*alleluia?*

Oh! n'allez pas troubler cette paix reconquise,

Cette victoire pure et noblement acquise,

Hommes du doute amer et de l'orgueil glacé,

Respect! car sur ces fronts Dieu lui-même a passé!

Ne venez pas toucher d'un scalpel téméraire,

Comme à l'amphithéâtre un cadavre vulgaire,

Vil objet d'analyse et de dissection,

Cette âme où vit l'amour et l'inspiration!

Ne faites pas descendre une vertu divine

Des fibres du cerveau, du sang de la poitrine,

Car le granit du temple où le blasphème a lui
Pourrait, en se brisant, vous écraser sous lui !
Quoi ! nous serions trompés dans nos élans sublimes !
Dieu verrait du même œil les vertus et les crimes?
Dans une nuit sans guide, il laisserait errant
Celui qu'il a créé, qu'il nomme son enfant?
Cette soif du bonheur que partout il apporte
Serait rêve? qu'il croie ou qu'il doute, qu'importe?
La révélation, le Christ en ses douleurs,
La consolation qu'on cherche dans ses pleurs
Serait folie? Oh! non, non! assez de blasphème !
Cœurs amis, cœurs souffrants, ouvrez-vous, Dieu vous aime!
Cœurs consolés d'espoir, illuminés d'amour.
La vie est le voyage et la mort le retour...
Nul vent n'ébranlera tes profondes racines,
Vieux temple environné d'ombres et de ruines;
Ces esprits impuissants, hélas! aies-en pitié.
De la patrie aimée ils sont une moitié;
Nous étreignons leurs mains, nous pleurons de leurs larmes.
Nos frères dans nos arts, nos ateliers, nos armes,
Ils nous sont étrangers pourtant... hélas! pourquoi?
Ah! c'est que nous croyons, et qu'ils n'ont pas la foi!

DIMANCHE DE PAQUES

DIMANCHE DE PAQUES

———

Beau soleil, tes rayons, comme des pierreries,
Sont le couronnement de nos pâques fleuries !
C'est un baiser du ciel aux fronts religieux
Que le jour du Seigneur a faits si radieux.
Le Christ ressuscité nous ravit d'espérance.
Qu'est pour le tombeau vide un moment de souffrance ?
Et la vie est ici trois jours dans le tombeau !
O rayonnante foi ! sois donc notre flambeau !

De notre esprit troublé dissipe les ténèbres,
De nos sens inquiets calme les cris funèbres !
De nos pleurs d'amertume adoucis la douleur !
De nos cœurs attiédis ranime la chaleur !
Sois l'éclair qui sillonne en l'orage la nue,
Et, quand la passion saisit notre âme nue,
Qu'elle la crucifie, et, comme les soldats,
Qu'elle roule la pierre et cèle son trépas;
Apparais comme l'ange à l'aile foudroyante,
Et que du noir tombeau l'âme sorte éclatante !

L'ÉVANGILE

L'ÉVANGILE

Le Dieu dont l'Évangile est le code et le livre,
Dans la nature aussi se dérobe ou se livre;
Sa douce providence en est comme l'encens;
Le plus léger brin d'herbe en révèle le sens;
Le lis de la vallée en est le pur symbole,
Le figuier desséché l'austère parabole;
Le petit passereau, ce vagabond des champs,
Porte de sa bonté les emblèmes touchants.

Mais, pour en pénétrer la parole vivante,
Pour sauver à l'esprit la lettre décevante,
Il faut sentir la main attentive à nos pas.
Le rayon qui réchauffe et qui n'égare pas.
Cette main, ce rayon, où sont-ils dans la vie?
Par quel souffle du ciel l'âme est-elle ravie?
Où trouve-t-on le sens du livre interprété?
Qui donnera la clef de toute vérité?
Est-ce notre raison? est-ce notre science?
Sont-ce nos passions ou notre conscience?
Notre sagacité, si souvent en défaut,
Pour dévoiler ce mythe, a-t-elle ce qu'il faut?
J'en doute; car à prendre, en son travail, un homme,
On le trouve arrêté dès cette antique pomme,
Ce fruit dont le serpent empoisonna nos jours;
Mais passez au déluge, allons, marchez toujours;
Arrivez au Sina, traversez les prophètes,
De Moïse et d'Esdras lisez les interprètes.
Et, quand l'esprit enfin d'efforts se lassera,
Arrêtez-vous pensif au pied du Golgotha.
Contemplez d'un cœur juste et d'un regard docile
Sur le rocher fendu cette croix immobile :
Un suaire, des clous, un cadavre au tombeau.

Et de la mort sorti tout un monde nouveau.

Si ce monde, enfanté par ce divin supplice,

De ces Juifs endurcis vous laisse le complice;

Si, comme les soldats, les siècles éperdus,

Renversés par le Christ, se déclarent vaincus;

Si les arts, inspirés par ce divin génie,

Proclament en tous sens sa grandeur infinie,

Et qu'aveuglé toujours par la haine ou l'orgueil,

Vous admiriez le temple et restiez sur le seuil,

Quel asile offrira son repos à votre âme?

Sur quel autel plus pur nourrirez-vous sa flamme?

La nature, qui tient toujours son livre ouvert,

Laisse pourtant la nuit voiler son rameau vert;

Le flot de mer qui vient caresser son rivage

Se retire et le laisse aride en son veuvage;

Chaque étoile n'a pas pour notre œil curieux

Écrit en lettres d'or ce qu'il demande aux cieux;

La fleur de la montagne où la brise se joue

Tombe à l'orage et meurt dans un torrent de boue;

Et votre cœur, ce fils de l'immortalité,

Qui même dans l'erreur a soif de vérité,

S'arrête à quelque source infidèle, irritante!

Un rayon, un parfum, un vil plaisir le tente,

Sans qu'un désir plus haut, un plus loyal effort,
Un souffle plus ardent le pousse vers le port !
Le port... mais c'est le Christ, son autorité sainte,
L'Église dont la foi garde sa vive empreinte;
Qui, dans ces jours mêlés de vérités, d'erreurs,
Lance comme un soleil ses traits libérateurs.
Sur les peuples épars son éclat est le même,
Avec son unité, son verbe, son baptême,
Sa vaste hiérarchie affermie en réseau,
Sa houlette gardant son immense troupeau.
C'est le lien des cœurs et des intelligences;
Sa justice proscrit les haines, les vengeances,
Le satanique orgueil, ce révolté du ciel
Qui de son œil encor menace saint Michel.
Mais sa bonté reçoit l'enfant dans sa prière;
La Vierge, dont le cœur est parfum et lumière,
Et dont l'image pure offre, au lit des douleurs,
Le sourire de l'ange, entrevu dans les pleurs.
Son esprit est dans l'art de Raphaël, du Dante,
Dé Rubens enivré de sa palette ardente,
De Michel-Ange ouvrant de son puissant ciseau
Le marbre où vit, éclate une splendeur du beau;
Dans le bronze et l'airain, la toile et l'harmonie;

Dans ces rayonnements de l'immortel génie :

La voix de Bossuet, le regard de Pascal;

Dans la raison qui prend la foi pour son fanal.

La raison, c'est la vie et la grandeur de l'âme,

Et la cendre souvent qui monte avec la flamme,

Qui peut garder le feu, mais l'étouffer aussi.

Malheur à qui n'a pas de son âme souci !

Dans le progrès, dans l'art, la gloire ou l'industrie,

Que me fait ma raison si mon âme est flétrie ?

Si l'habitant divin a perdu son flambeau,

Le corps n'est plus ici qu'un ambulant tombeau.

Mais la raison n'est pas l'éternelle exilée.

Loin de son père absent, ta fille est consolée,

Seigneur! ton Évangile en ses nuits sans sommeil

Est là comme un matin ton radieux soleil.

Ces abîmes sans fond qu'elle ouvrait sur sa route,

Ces ténébreux combats de l'orgueil et du doute,

Ces tristesses sans nom, ces sombres désespoirs,

Tu les as tous changés en amour, en devoirs;

Ce bonheur vient souvent d'une larme qui tombe,

D'un souvenir lointain, d'un regard dans la tombe,

De la main d'une mère en ses derniers adieux,

Qui, bénissant son fils, le conquiert pour les cieux !

Mais ce bonheur aussi vient par plus d'une porte :
Un œil pur, un cœur droit, une volonté forte,
Un courage viril, en un mot la vertu.
La foi ne peut toucher qui n'a pas combattu !

DERNIER VOEU

DERNIER VOEU

Non, le cœur n'est pas fait pour un peu de fumée !
Nous savons ce que vaut un bruit de renommée ;
Le baptême nous mit un signe auguste au front :
Vouloir plus se grandir, c'est se faire un affront.
Ce signe de Dieu même est la marque céleste ;
Quand tout s'anéantit, cette marque nous reste :
Jeunesse, passion, fortune ou liberté,
Tout s'abat... le front seul garde sa majesté !

O siècle dont l'esprit exalte la matière,

Et qui ne la vois pas retomber en poussière;

Siècle de fer, de plomb, de chiffres et de jeu,

Qui pour douze deniers vendrais encor ton Dieu,

Quand je vois ton Paris, ta grande capitale,

Dont le sein aux passants effrontément s'étale,

Je regarde, et ma main se pose sans pudeur

Pour sentir si le sang coule encor dans le cœur.

Oh! qu'il bat lentement! que ton âme est glacée!

On la dirait déjà par la mort enlacée;

Le râle est dans sa voix et l'ombre est dans son jour;

L'œil n'a plus de colère et le cœur plus d'amour.

Et pourtant dans la foule il est des bruits superbes,

Comme ces vents du ciel qui font chanter les herbes;

Il est des monuments, des efforts merveilleux

Dont avec équité tout peuple est orgueilleux;

Il est des traits d'honneur, des vertus pénétrantes

Qui vers le but divin volent en conquérantes;

Une aspiration, une idée en travail

Comme un navire à flot où bat le gouvernail;

De sublimes élans, des éclairs de génie,

Et comme un océan·d'éclat et d'harmonie.

Quel est donc ce prélude? est-ce un enfantement?

Est-ce le Christ qui meurt ou le siècle qui ment ?
Non, c'est le Christ qui passe et la foule qui s'ouvre ;
S'il ne l'adore pas, nul qui ne se découvre.
Le progrès reconnaît dans ses divines mains
Le germe qui fleurit dans les sentiers humains :
La liberté, qu'un jour la croix, supplice immonde,
Acheta dans le sang pour en doter le monde ;
L'art descendu du ciel, apportant avec soi
Le beau... ce pur rayon du soleil de la foi ;
La charité, ce mot ignoré de la terre,
Dont les pleurs consolés ont trahi le mystère ;
Le serrement de main du banquet fraternel ;
Tout ce qui fait du Christ le sauveur éternel.
D'un immense respect, le siècle le contemple,
Et son pied qui le suit s'arrête au seuil du temple...

Seigneur, jette-lui donc un éclair de ta foi !
Un rayon de l'amour qui le transporte en toi !
Un souffle de bonheur que cette âme infidèle
N'a peut-être jamais ressenti dans son aile !
Et dans l'ombre des jours où tu l'as rejeté,
Trace-lui son chemin vers l'immortalité !

A SAINT-ILAN

Dessiné par A. Pernot.

RETOUR A SAINT-ILAN

Délicieux séjour, bien-aimé Saint-Ilan,
Rivage caressé des flots de l'Océan,
Que doux est ton azur et que fraîche est ta brise !
Comment mon âme un jour peut-elle être surprise
Par quelque vif rayon qui ne soit pas de toi?
Est-il sur d'autres bords plus d'espoir, plus de foi,
Plus d'amour qu'en ces yeux qui pleuraient de l'absence
Et rayonnent de joie en goûtant ma présence?

Fleurs de tous les parfums, oiseaux de tous les chants

Qui vous réunissez en des concerts touchants;

Mon fidèle Morgan, beau chien de Terre-Neuve,

Ma Rosette et Mina, chevaux à toute épreuve,

Et mes bons serviteurs, ces amis de vingt ans,

Mais surtout dans ses bras retrouver ses enfants,

Et leur mère essuyant une larme furtive,

Oh! des sentiments vrais combien la source est vive!

Paris, ton souvenir est pâle en ce moment.

J'admire ton éclat, j'aime ton mouvement,

Mais j'aime encor bien plus ce frais bouton de rose,

Et ce feuillage épais dont l'ombre me repose;

J'aime mieux ce clocher élevé de ma main

Que tes arcs de triomphe et tes dômes d'airain.

Cette obscure chapelle où repose dans l'ombre

Une image vivante et qui n'a rien de sombre,

Un regard qui retrouve un fils toujours aimé,

Un sourire de mère où Dieu s'est imprimé.

Qu'êtes-vous pour le cœur, immenses colonnades,

Monuments fastueux, poudreuses promenades?

Qu'êtes-vous, beaux salons, art, théâtres, splendeur?

Peut-être le plaisir, mais non pas le bonheur.

Le bonheur, il est loin de la Bourse ou du Louvre;
Une femme, un enfant, une sœur le découvre.
Il est dans une fleur, un rayon de soleil,
Un baiser, un regard, un sourire vermeil,
Tout ce que Dieu fit pur et qui rend l'âme belle,
Ce qui du feu sacré nourrit mieux l'étincelle.
Beaux rochers de la grève, arbres aux troncs noueux,
Flots calmes aujourd'hui, demain tumultueux;
Banc de mousse où s'assied la famille avec joie
Pour voir comme à ses pieds l'Océan se déploie;
Nature où Dieu lui-même a mis de sa grandeur,
Vous gardez un reflet de ce lointain bonheur;
L'âme reçoit par vous l'impression divine;
Votre voix la traduit, votre éclat l'illumine.

Et bientôt tout reprend son aspect animé.
C'est la saison des foins, l'air est tout embaumé.
Les faucheurs assemblés à ma voix si connue,
Par plus d'entrain encor fêtent ma bienvenue;
Le petit ermitage, où se rit le soleil,
Semble donner aux fleurs le signal du réveil;
Et, lorsque la voix pure et douce de ma fille
S'entend, le soir, de loin à travers la charmille,

Comme un de ces échos semés par le Seigneur;

Lorsque l'orgue, vibrant sous les doigts de sa sœur,

Fait de ces deux accents une même harmonie,

Je comprends et je sens la douceur infinie

De l'esprit dans la paix, le devoir et la foi.

Et mon cœur se répand en parfums devant toi,

Seigneur, car tu m'as fait ma part d'élu sur terre;

Devant ce don du ciel, toute voix doit se taire;

Le cœur seul doit parler, adorer et bénir,

Et goûter le présent sans craindre l'avenir.

Juillet 1856.

PROMENADE

PROMENADE

Oh ! que la grève est belle au coucher du soleil !
Les sables sont d'argent, les rochers de vermeil.
　　　Voyons, qu'en penses-tu, Marie ?
Ma grande fille, heureuse avec tes dix-huit ans,
Allons, ton voile vert, ton amazone aux vents,
　　　A cheval ! adieu, rêverie !

Laisse-moi ma Rosette, et monte Camisard;
En avant! au galop! avant qu'il ne soit tard,
        Et que la mer, la souveraine
Qui n'accorde qu'une heure aux regards curieux
Pour parcourir le lit de ses flots furieux,
        Ne nous chasse de son domaine.

Ton œil, ton franc sourire, ô mon beau cavalier!
Sont comme un rayon d'or au cap de Roselier;
        Ta joie est l'azur du ciel même;
La vague où nos chevaux entrent jusqu'au poitrail
Fait naître sur ta joue un reflet de corail
        Quand tu t'émeus de ce baptême.

Quelle grandeur, quand, seuls au delà d'Hillion,
Nous voyons au lointain, comme une illusion,
        Quelque pêcheur ou quelque mauve[1]!
L'Océan vient à nous de son air menaçant;
Mais il change sa rage en baiser caressant,
        Argentant sa crinière fauve!

[1] Nom vulgaire des mouettes en Bretagne.

Qu'il est vivifiant cet air pur et salin!
Que les ailes de l'âme, en ce désert sans fin,
  Se lancent fortes, radieuses!
Que l'homme est peu de chose en cette immensité!
Qu'en dis-tu, mon enfant, cœur encore abrité
  Des tempêtes laborieuses?

Quel plaisir, quel éclat vaut un souffle de mer!
Si parfois à la lèvre il porte un goût amer,
  C'est pour la laisser plus sereine;
Le monde, lui, ce souffle impur et corrosif,
S'insinue à la voile et caresse l'esquif;
  Mais c'est à la mort qu'il l'entraîne!

Vaste grève où s'empreint le fer de mon cheval!
Empreinte qui s'efface à ton flot virginal,
  Car Dieu seul a droit sur ton onde;
L'homme dans son orgueil, qu'il soit ou peuple ou roi,
Ne serait bientôt plus, se mesurant à toi,
  Qu'une écume en ton eau profonde!

La voilà, voici l'eau dans son puissant reflux;
En arrière! aussi bien ils seraient superflus,

Les mots devant ce flot qui pousse;
Un seul pourtant s'échappe avec toi, mon enfant,
Plus vif encore ici, sous ce soleil couchant :
C'est qu'en Dieu la vie est bien douce!

AU PREMIER CONTRE-MAITRE

DE

L'OEUVRE DE SAINT-ILAN

M. MARC JAFFRAIN

ANCIEN GRENADIER DE LA VIEILLE GARDE, CHEVALIER DE
LÉGION D'HONNEUR.

AU PREMIER CONTRE-MAITRE

DE

L'OEUVRE DE SAINT-ILAN

M. MARC JAFFRAIN

Ancien grenadier de la vieille garde, chevalier de la Légion d'honneur.

Jaffrain, mon vieil ami, te souvient-il du jour
Où, tous les deux assis sur un banc, dans ma cour,
Je te dis : « D'un projet je sens la noble envie;
« Veux-tu m'abandonner le reste de ta vie? »
Et je fixai sur toi mon regard attentif.
Une larme brilla dans ton œil expressif,

Et, pour calmer d'un mot ton attente incertaine :

« Eh bien, te dis-je encor, salut, mon capitaine! »

Ce nom fit tressaillir la fibre du soldat,

Et ton front devint fier comme au jour du combat.

Puis bientôt, poursuivant notre obscure conquête,

D'un groupe d'orphelins tu marchas à la tête.

Le matin, le clairon annonçait le réveil;

Je te vois, devançant le lever du soleil,

Guider tes vingt enfants à l'âpre labourage,

Et par des chants pieux ranimer leur courage.

La journée à sa fin, tu t'asseyais alors.

Ton devoir s'appliquait au travail du dehors,

Le mien était d'ouvrir à ces intelligences

Les régions de l'âme et des humbles sciences;

Et, lorsque finissait l'heure de la leçon,

Prenant sur tes genoux le plus petit garçon,

Retenant mieux que lui le sens de ma parole,

Tu te trouvais heureux de faire aussi l'école,

Et le jeu succédait à l'application.

Mais bientôt le signal suspendait l'action,

Par le recueillement préparant la prière,

Du silence ta voix s'élevait la première,

Et tous d'un même élan, à genoux devant Dieu,

Nous trouvions sous ce chaume un parfum du saint lieu.

D'un jour rempli goûtant le repos plein de charmes,

Que de fois je serrai ta main forte avec larmes !

Et depuis le Seigneur a béni nos travaux.

La pensée a marché dans des sentiers nouveaux;

La colonie a pris une forme plus belle;

Les essaims ont quitté la ruche maternelle;

La ferme a laissé place aux vastes bâtiments;

Et, pour éterniser nos plus chers sentiments,

Une église, élevant la croix toujours puissante,

Dessine sur la mer sa flèche éblouissante.

Et maintenant tous deux, après dix ans d'effort,

Comptant dans ce combat plus d'un glorieux mort,

Voyant de nos sueurs la terre fécondée,

De la grâce d'en haut notre œuvre secondée.

Nous avons retrouvé notre premier devoir.

Et sur ce même banc nous pouvons nous rasseoir.

Nous sommes revenus au foyer de famille :

Toi l'aïeul, tu reçois les doux soins de ta fille;

Moi je vis entouré d'enfants, de serviteurs;

Le ciel répand sur nous ses biens réparateurs.

Mais, quand je viens rêver sous mon épais ombrage,

Ou contempler le flot qui se berce à la plage;

A M. MARC JAFFRAIN.

Quand j'entends les échos répéter dans les bois
Le chant des orphelins que j'ai dit tant de fois,
Si mon nom, emporté comme un bruit dans l'espace,
D'un trait de charité doit laisser quelque trace,
Tout l'honneur appartient à ce modeste appui;
Après vous, ô mon Dieu! le fondateur c'est lui!

LE POÈTE

LE POÈTE

Le cœur sait une vie indépendante et fière,
Dont l'humble emploi tient lieu de toute autre carrière,
Une vie où n'atteint ni faveur ni pouvoir,
Oublieuse de tout... si ce n'est du devoir.
Devoir qui se nourrit d'une simple parole,
Qui dégage le front de toute autre auréole,
Ne laissant dans le cœur épris de sa beauté
Que les deux noms divins de foi, de charité.

Cette vie est souvent au fond d'un monastère;
Souvent aussi le monde en garde le mystère;
La foule inattentive, au milieu de ses bruits,
Ne sait pas discerner un de ces purs esprits.
Il passe, ou bien plutôt dans l'ombre il se retire,
Sans qu'on ait deviné ses pleurs ou son sourire.
Sa pensée est un livre où Dieu se laisse voir,
De rayons inconnus son âme est le miroir;
Et sa coupe, mêlant l'absinthe à l'ambroisie,
Dans notre langue ici se nomme poésie.
C'est un don redoutable, un breuvage enivrant,
Une faveur peut-être ou bien un châtiment.
Une faveur au cœur que la foi, la prière,
Emportent vers le ciel dans un flot de lumière;
Un rude châtiment à l'orgueil révolté
Qui prend les bruits d'un jour pour l'immortalité.

Du trait mystérieux quand une âme est touchée,
Ne vous étonnez plus de la voir détachée;
Le monde est un désert, la terre est un exil,
Les richesses un piége et la gloire un péril.
Et pourtant dans cette âme est un combat suprême;
Elle se heurte au mal quand c'est le bien qu'elle aime.

Elle réchauffe, ardente en notre humanité,

Ce foyer de vertus qui fait sa dignité.

Elle est le dévouement, le baume à la souffrance,

Pour le cœur abattu l'emblème d'espérance,

Le souffle de l'honneur qui flotte en nos drapeaux,

L'ange qui tient levé le marbre des tombeaux.

Dans son regard ému tout est sollicitude,

Et, si son cher trésor est dans la solitude,

Elle n'en suit pas moins à travers les cités

Nos craintes, nos succès et nos calamités.

O siècle qui te dis le plus grand dans les âges,

Qui comptes tes progrès, tes penseurs et tes sages!

Quelle place as-tu donc pour cette obscure voix,

Qui parmi tous tes biens n'a pu faire son choix,

Qui sent l'ombre monter au-dessus de tes gloires,

Le néant s'attacher à tes grandes mémoires,

La rouille dévorer ce qui fait ton trésor,

Et qui, goûtant de tout, n'a que plus soif encor?

Quelle place en la vie as-tu faite au poëte?

De souffrance et de pleurs trop fidèle interprète,

Son luth est rarement un écho de plaisir.

Aussi n'éveille-t-il ni regret ni désir.

Oh ! si de passion la verve délirante
Allumait dans les sens sa flamme dévorante;
Si Némésis armait sa main de ses serpents,
Et si sur son autel brûlaient d'impurs encens,
O siècle ! on te verrait à ton banquet de fête
Poser plus d'un laurier sur son indigne tête.
...s, c'est une calomnie; aujourd'hui ton élan
Est incertain encor, mais il est noble et grand.
Que cet élan béni soit un élan sublime !
Ton aile touche encore aux parois de l'abîme;
Un effort plus hardi rendra ton vol plus pur,
Et Dieu te soutiendra lui-même dans l'azur;
Et ce rayon d'amour, la chaste poésie,
Alors te trouvera dans sa route choisie;
Cette fille du ciel adoucira ton cœur,
Et, devenu chrétien, tu lui diras : « Ma sœur! »

ACTE DE FOI

ACTE DE FOI

—

Seigneur, je crois à votre amour,
A votre adorable puissance,
A l'œil de votre providence
Ouvert sur nos cœurs chaque jour !
Je crois au mystère ineffable
Où l'âme à votre sainte table,
Comme le calice à l'autel.

Reçoit pour sa joie et sa vie
Cette eau dont elle est assouvie,
Et qui fait un Dieu d'un mortel !

Je crois à ces vieux jours du monde
Où l'homme, déchu de son sort,
Sentit comme une main immonde
Le marquer au front pour la mort.
Je crois aux pages de l'histoire
Où se reflète sa mémoire
En tableau sombre, douloureux,
Fatal... jusqu'à l'heure suprême,
O Christ ! où vous vintes vous-même
Expier pour le rendre heureux.

Je crois au Christ, à ses prophètes,
Qui l'annonçaient dans leurs accents;
A ces étonnants interprètes,
Échos semés dans tous les temps.
Je crois à la grâce divine
Dont son front d'enfant s'illumine,
Trahissant déjà ses splendeurs,

Quand sa Mère, entrant dans le temple,
S'arrête étonnée, et contemple
L'Enfant enseignant les docteurs !

Je crois à cette douce image
Qui passait au milieu de nous,
Qui s'asseyait sur le rivage
Pour bénir la foule à genoux.
Je crois aux simples paraboles
Qui s'épanchaient dans ses paroles
Comme autant de célestes dons,
A ces miracles de tendresses
Où publicains et pécheresses
Ne trouvaient qu'amour et pardons

Je crois à ce sommeil céleste
Qu'il goûtait sur le sein des flots
Quand des mers l'ouragan funeste
Épouvantait les matelots;
Je crois à son divin sourire
Quand la voile qui se déchire
Laisse voir ces fronts éperdus.

Et que bientôt sa main sublime,
S'étendant calme sur l'abîme,
Tient soudain les flots suspendus!

Je crois à la vérité sainte
Qui rayonnait dans ces beaux jours;
A la vertu qui fut empreinte
Au sens de ses moindres discours;
A la grâce miraculeuse
Qui reste toujours lumineuse
Au cœur que l'amour rend serein,
Depuis cette heure de tendresse
Où son disciple, en sa tristesse,
Osa reposer sur son sein.

Je crois à ce spectacle immense
Du Christ immolé sur la croix,
Au sang qui coula sous la lance
Pour nous laver tous à la fois.
Je crois à la miséricorde,
Au bois sacré qui nous accorde
La vie et l'espoir immortel,

Arbre qui voit dans son mystère
A son pied les nuits de la terre,
A son front les clartés du ciel !

FIN

TABLE